Hans Scherfig

Der tote Mann

Mit Illustrationen des Autors
Aus dem Dänischen von Olla Ewert

grafit

DER AUTOR

Hans Scherfig (1905 – 1979) ist einer der populärsten Autoren in seiner dänischen Heimat. Der Schriftsteller und Maler, der 1973 den Literaturpreis der Dänischen Akademie erhielt, trat auch als engagierter kommunistischer Politiker hervor. Seine Bücher geben Zeugnis von sozialem Engagement und subtiler Gesellschaftskritik.

Der vorliegende Roman eröffnete die Serie skurriler Bücher, die Scherfigs Ruhm begründete.

Bei GRAFIT erschien bereits: »Der verschwundene Kanzleirat«, »Der versäumte Frühling«, »Schloß Frydenholm«.

Wellinghofer Str. 205 D-4600 Dortmund 30

Originaltitel: Den Tøde Mand
Reihengestaltung: Christiane Wolf
Umschlagzeichnung: Hans Scherfig
ISBN 3-89425-024-0

Vorwort

Vor wenigen Jahren starb plötzlich in Paris der junge dänische Maler Hakon Brand.

Ich weiß nicht, ob sich noch viele an seinen Namen erinnern. Eigentlich hieß er Hans Petersen, hatte aber das nordisch klingende Pseudonym Hakon Brand gewählt und unter diesem Künstlernamen zeitweise gewisses Aufsehen erregt. Doch bei den meisten Leuten war Hakon Brand bereits vor seinem Tode fast völlig in Vergessenheit geraten.

Die Presse kommentierte die Nachricht von seinem Ableben nur kurz. Sie schrieb etwa, er sei einmal ein vielversprechender Maler gewesen, aber es stünde wohl leider außer Zweifel, daß man sein frühes Ende beinahe als Befreiung betrachten müsse.

Die näheren Umstände seines Todes hingegen konnte keiner erläutern. Nur mir sind sie bekannt, weil ich während seiner letzten Stunden in einem kleinen Pariser Hotel zufällig bei ihm war. Diese Umstände sind so sonderbar und so unheimlich, daß ich starke Bedenken hatte, sie der Öffentlichkeit mitzuteilen.

Viele werden meinem Bericht nicht Glauben schenken. Aber das ist natürlich ihre Angelegenheit. Ich kann nur immer wieder sagen, daß die Wirklichkeit leider oft jene Wahrscheinlichkeit vermissen läßt, die man von einem Roman verlangen würde.

Vor allem mußte ich Rücksicht auf Brands Familie nehmen, der ich es damals ersparen wollte, die Ursache seines jähen Todes zu erfahren. Inzwischen sind seine alten Eltern verstorben, und falls noch andere Verwandte von ihm am Leben sein sollten, so müssen sie die Wahrheit ertragen.

Schließlich kann man einwenden, daß Hakon Brands Tod

ein äußerst makabres Geschehnis ist; aber sein Leben war auch makaber. Brands Kunst war makaber. Er schwärmte stets für das Unheimliche und Anrüchige. Insofern paßte sein Tod gut zu seinem Leben.

Jedenfalls habe ich nach reiflichem Überlegen beschlossen, jetzt zu berichten, was tatsächlich zu Hakon Brands Tod geführt hatte. Wer sich fürchtet, etwas Unheimliches zu lesen, kann es ja bleibenlassen.

In den letzten Jahren ist es Mode geworden, wissenschaftliche Werke über Geisteskrankheiten bei Künstlern zu verfassen. Das will ich hier nicht versuchen. Herauszufinden, wieweit Brand geisteskrank war oder an welcher Geisteskrankheit er möglicherweise litt, überlasse ich der Fachwissenschaft. Ich will nur, so genau ich kann, eine Reihe von Tatsachen wiedergeben.

Dieses Buch bietet mir obendrein Gelegenheit, mich gegen gewisse Leute zu verteidigen, die mir nach Brands Ableben Vorwürfe gemacht und behauptet haben, die Tragödie wäre verhindert worden, wenn ich beizeiten eingegriffen und die Polizei über das informiert hätte, was ich wußte. Eine bestimmte Dame hat mich sogar offen beschuldigt, Hakon Brand ermordet zu haben. Meine Schilderung wird erweisen, wie sinnlos diese Vorwürfe und Beschuldigungen gewesen sind.

Was mich vor allem anderen bewogen hat, diesen Bericht zu veröffentlichen, ist die Rücksicht auf den Toten selbst.

Hakon Brand war nämlich ein Mensch, der Sensationen über alles in der Welt liebte. Sein Leben und seine Kunst scheinen nur den Zweck gehabt zu haben, Aufsehen zu erregen. Er wollte, daß man stets über ihn sprach. Er wollte immer auffallen. Ich bin sicher, daß der arme Brand es mir in seinem Grabe nie verzeihen würde, wenn ich es unterließe, der Welt mitzuteilen, auf welch seltsame Weise er gestorben ist.

HAKON BRAND
FRED

KAPITEL 1

Als Hakon Brand das Zeitliche segnete, war es jahrelang still um ihn gewesen. Er wohnte in der Provinz, malte religiöse Darstellungen für Missionshäuser und Betsäle sowie das Altarbild einer kleinen Kirche auf Fünen und besorgte die stark umstrittene Ausgestaltung einer restaurierten Schloßruine. Für die Villa eines Fabrikanten in Svendborg entwarf er große, farbenprächtige Fenster im Kirchenstil.

Ein größerer Personenkreis kennt seine Illustrationen zu Zeitschriftenromanen und seine bunten Titelblätter auf zahlreichen Weihnachtsheften und Almanachen jener Jahre. Das waren Arbeiten, die sich in nichts von anderen ihrer Sorte unterschieden.

Er verdiente recht gut dabei, und in jener Zeit war er ziemlich fett und Abstinenzler geworden.

Aber damals, als er noch in Kopenhagen lebte, malte er anders. Damals war es auch nicht still um ihn, und er war auch nicht Abstinenzler. Er verstand es, von seinen Bildern und von seiner Person Aufhebens zu machen. Exzentrisches Benehmen hielt er für den kürzesten Weg zur Berühmtheit. Seine im Suff vollbrachten Heldentaten waren bekannter und wurden mehr besprochen als seine Bilder.

Hakon Brand erregte die Aufmerksamkeit des ganzen Landes, als er ein Bild ausstellte, das er mit Blut und Hilfe von Kronenkorken gemalt hatte.

Hakon Brand machte in den Zeitungen von sich reden, weil er auf Eröffnungsfeiern von Ausstellungen mit weißgepudertem Gesicht und grün angestrichenem Haar erschien.

Hakon Brand bezahlte einen Mann dafür, daß er seine Bilder bei der Polizei als pornographisch denunzierte. Die Hüter der Ordnung waren so naiv, der Sache nachzugehen. Sie blamierten sich gründlich, als sie in Brands abstrakten Kompositionen einige Linien als anstößig bezeichneten und dadurch für den eitlen Menschen unfreiwillig Reklame machten.

Hakon Brand überfiel einmal auf der Straße einen Kritiker und schmierte ihm eine Tube blauer Farbe ins Gesicht, weil er geschrieben hatte, Brand sei »talentiert«. »Ich bin nicht talentiert! Ich bin genial!« erklärte der Maler.

Es gab wahrhaftig viele, die ihn für genial hielten. Tatsächlich erzielen heute einige seiner ersten Bilder bedeutende Preise. Aber er hatte auch keine Hemmungen, moderne Ausländer zu plagiieren. Ich glaube nicht, daß er wirklich Talent besaß. Seine Werke waren darauf angelegt, zu verblüffen und aufzufallen. Selbst seine besten Arbeiten sind meiner Meinung nach oberflächlich und nur auf Wirkung berechnet.

Später kam dann seine »makabre Periode«, die Zeit, in der er nur Unheimliches malte: Friedhofsmotive, tote Männer in Särgen, Leichenfledderer und so weiter. Auch diese Bilder stecken voll Sensationslust und Humbug. Doch spricht zugleich eine Verzweiflung aus ihnen, die echt wirkt, und ein Anflug von Irrsinn, den man nicht übersehen kann. Diese Arbeiten sind wohl seine markantesten, und zwar vor allem, weil sie mit seiner Todesursache in Zusammenhang stehen. Ja, was den armen Brand betrifft, so ist sein Tod leider wesentlich interessanter als sein Leben.

Aus seinen letzten Jahren, in denen er Altarbilder und Almanachumschläge malte, gibt es nicht eine einzige auch nur halbwegs beachtliche Arbeit. Alles ist Schund, wie man sich ihn oberflächlicher und banaler nicht vorzustellen vermag, aber eben die Sorte Schund, mit der man Geld verdienen kann.

In seinen letzten Monaten – in Paris – malte er gar nicht.

Hakon Brand wurde fünfunddreißig Jahre alt.

KAPITEL 2

Eines Abends deutete Brand im »Bierhof« zum erstenmal sein Geheimnis an. Er hatte den ganzen Tag über getrunken und war sternhagelvoll, als er ankam. Und wenn er voll war, dann war er höchst unappetitlich.

Auch in nüchternem Zustand war er unerträglich und lästig. Er sprach dauernd von sich selbst, seinen Bildern und seiner Genialität, prahlte unermüdlich mit idiotischen Heldentaten, die er im Rausch begangen hatte. War er aber erst wirklich blau, dann kam es hundertmal schlimmer.

Ich saß mit einigen Kollegen beisammen, und als wir Brand eintreten sahen, duckten wir uns unwillkürlich, damit er uns nicht bemerke. Vergebens. Er entdeckte uns gleich und steuerte schwankend unseren Tisch an. Wir konnten nicht verhindern, daß er sich zu uns setzte.

»Pfui Teufel, hast du dich vollgedreckt«, sagte einer. »Du solltest lieber nach Hause gehen und dich hinlegen!«

Brand grinste blöd. »Ich habe nicht geschlafen – nicht geschlafen, vierundzwanzig – nein, sechsunddreißig Stunden – nein, achtundvierzig Stunden.« Dabei sah er sich beifallheischend um; wir sollten ihn bewundern, weil er nicht geschlafen hatte.

Seine kleinen, wasserblauen Augen schielten vor Müdigkeit und Trunkenheit. Sein helles Haar war wirr und klebrig, ein großer, roter Bart sproß aus seinem runden Kindergesicht. Er sah totenbleich aus, und sein Rockaufschlag war mit Erbrochenem beschmutzt.

»Du solltest auf deine neue Nase besser aufpassen! Sie sitzt nicht richtig.«

Brand fühlte nach. »Doch. Sie sitzt. Sie ist noch da. Sie ist, verflucht noch mal, die schönste Nase in ganz Dänemark.«

Brand hatte nämlich wirklich eine neue Nase bekommen. Er hatte durch »Kunst für Waren« ein Bild gegen eine Paraffinbehandlung eingetauscht. Gewiß, mit seiner angeborenen Nase konnte er sich sehen lassen, doch glaubte er, das Angebot nicht ausschlagen zu dürfen, und ließ sich eine gewaltige römische Kunstnase aus Paraffin bilden.

Auf sein neues Profil war er unermeßlich stolz, malte noch an demselben Tag eine ganze Serie von Selbstporträts (eins davon wurde übrigens später von einem kunstliebenden Minister gekauft, weil es so billig war), und alle Leute mußten seine schöne neue Nase bewundern. Das Schlimmste aber war, daß er immer an ihr herumfingerte. Das weiche Paraffin ließ sich leicht kneten, und Brand modellierte dauernd an seiner Nase und versuchte, ihr alle möglichen Formen zu geben.

Jetzt war sie zur Seite gebogen und mündete statt in einer Spitze in einer Kugel. Es sah phantastisch und widerlich aus. Brand wußte das sehr gut, aber es genierte ihn nicht. Wenn er auffallen wollte, war ihm jedes Mittel recht.

Mit mächtiger Stimme rief er dummes Zeug durch das ganze Lokal, um die Aufmerksamkeit auf sich zu lenken. Immer wenn eine neue Runde Pilsner auf den Tisch kam, vollbrachte er ein Kunststück: Er biß den Flaschenhals ab oder die Blechkapsel mit den Zähnen herunter. Das sah unheimlich aus, und sein Mund blutete. Aber er ließ sich nicht hindern, denn am Nachbartisch hockten mehrere dicke Großhändler, die jedesmal lachten und Beifall klatschten. Brand war nun einmal über jeden Applaus begeistert, ganz gleich, von wem er kam.

Sonst beachtete ihn keiner. Die meisten kannten ihn und waren an ihn gewöhnt. Überwiegend besuchten das Lokal Dichter oder Maler. Sie saßen dort oft und lange. Der »Bierhof« war ihr Treffpunkt, ihr Büro, ja, man könnte beinah sagen, ihr ständiger Wohnsitz.

Um einen Tisch scharten sich einige Dichter; die lobten einander maßlos und freuten sich aufrichtig über dieses Lob.

In einer Ecke diskutierten Maler, sie verrissen einer den

anderen mit gröbsten Ausdrücken und wurden grün vor Ärger, weil jeder dem anderen den geringsten Funken von Talent absprach.

Hier grübelten auch die Verfasser von »Weisen und Reimen und Acker und Weizen und Erde und Klippe und glühendem Nun«. Hier dachten sie sich erlesene und ausgefallene Formulierungen aus und ersannen neue, witzige Wortgebilde, die später vorteilhaft zusammengesetzt werden sollten. Kein Gedanke wurde vergebens gedacht, kein Wort verschwendet, jeder Einfall aufbewahrt, mit ihm gespart und hausgehalten. Es gab große, kräftige Burschen unter ihnen, die Eisenträger schleppen und riesige Räder drehen konnten, statt dessen aber Schneeglöckchen bedichteten, Käfer und Elfen, Schmetterlinge und, ach, den lieben Schelm, den kleinen Maienkäfer und – hurle hurle hei – die kleine muntre Biene.

Viel gesunde Körperkraft lag im »Bierhof« brach.

Hier saßen die graphischen Schöpfer unzähliger Sondermarken mit dänischen Hügeln, Bäumen, Wegen und Telefonmasten. Sie dachten über Verkauf und Legate nach und betrieben eine recht mystische und geheimnisvolle Kunstpolitik.

Einer der Dichter hatte seine Frau an den Tisch der Großhändler geschickt, wo sie ein paar Flaschen Bier schnorren sollte, was ihr auch zu gelingen schien.

Ein kleiner Maler vollführte verschiedene Kunststücke, die ihm hie und da mit Bier oder 25-Öre-Stücken gelohnt wurden.

Einige bedeutendere Künstler flüsterten ernst über ihrem Whisky mit Soda. Sie sprachen einander Legate zu.

In einer dunklen Ecke saßen ein Mäzen und ein Maler, und der Maler lachte so laut, daß man hätte glauben können, er habe all seine Bilder verkauft. Das war aber nicht der Fall. Er hatte nur verhindern können, daß der Mäzen ein Bild seines besten Freundes erwarb.

Solche Stimmung herrschte im »Bierhof«, wo sich viele Geistesgrößen trafen.

Dicker Tabaksqualm und säuerlicher Biergeruch lasteten auf allem. Durch die Rauchschwaden aber drangen fortwährend Brands idiotisches Geschrei und das Lachen der Großhändler.

Es war uns zuwider, noch länger mit ihm zusammenzusitzen. Er sabberte und schwitzte, beschmierte die Tischplatte mit Bier, Blut und Zigarrenasche. Er begoß sich mit Pilsner und stieß unsere Gläser um. Sein Grölen und Quatschen ging uns auf die Nerven, nur den dicken Großhändlern nicht; sie klatschten und ermunterten ihn, weiterzumachen.

Zwar fühlte ich mich keineswegs verpflichtet, mich um ihn zu kümmern, aber schließlich mußte ja jemand etwas unternehmen, damit wir ihn loswurden. Darum stieß ich ihn an.

»Hör mal, Brand – ich hole jetzt ein Taxi! Du mußt nach Hause!« Ich stupste ihn nochmals, um ihm das klarzumachen. »Du mußt nach Hause – nach Hause! Hörst du!«

Er stierte mich aus rotumränderten, schielenden Augen an, und sein bleiches Gesicht spiegelte plötzlich große Angst.

»Nach Hause? – Ach nein! Nein! Nein! Nein! – Nicht nach Hause! Nicht nach Hause!« Seine Stimme überschlug sich.

»Doch«, widersprach ich entschieden. »Schluß jetzt! Du sagst selbst, daß du seit vielen Stunden nicht geschlafen hast. Nun mußt du ins Bett. Das Taxi wartet draußen.«

Brand sah mich flehend an. Er weinte fast. »Ich trau mich nicht! Ich trau mich nicht! Ach, ich hab solche Angst, ich trau mich nicht …«

»Du traust dich nicht? Hahaha! Ein Mann wie du! Als ob dir irgend etwas in der Welt Angst einflößen könnte!«

Es galt, seinem Selbstbewußtsein zu schmeicheln. Die anderen halfen mir eifrig. »Ha – ein Hakon Brand sollte vor irgend etwas Angst haben!« – »Ein Mann wie Hakon Brand!« Er war so eitel, daß unser Vorhaben gelang.

»Nein, wovor soll ich denn Angst haben?« lallte er. »Selbstverständlich habe ich keine Angst. Ein Mann wie ich!« Dann sah er sich furchtsam im Lokal um und murmelte: » Er ist ja jetzt tot. Tot! Er kann mir nichts mehr tun. Hahaha!«

»Wer ist jetzt tot? Was meinst du?«

»Nichts. Gar nichts. Ich rede Unsinn. Ich habe vierunddreißig Stunden nicht geschlafen – nein, neunundachtzig Stunden. Ich habe nicht geschlafen. Es gibt keine Toten – gar keine Toten – ha, nein – ich bin nur blau- und das ist ja alles Quatsch … Aber – er kann mir nichts tun – mir nichts tun.«

Ein Kellner und der Fahrer halfen ihm in den Wagen.

KAPITEL 3

Brand hatte immer viel getrunken und im Suff zahlreiche Dummheiten angestellt. Meiner Meinung nach trank er vor allem, weil er glaubte, das sei rasend genial. Meist stellte er sich noch berauschter, als er tatsächlich war.

Jetzt aber schien seine Trunksucht auszuarten. Man traf ihn fast niemals mehr nüchtern. Er torkelte von einem Wirtshaus ins andere und schien sich vor seinem Zuhause zu fürchten. Ob diese Angst echt oder ob es nur einer seiner verrückten Versuche war, Aufsehen zu erregen – eines stand fest: Mit ihm würde es ein schlimmes Ende nehmen. Kein Mensch konnte auf die Dauer ungestraft solch wahnsinnige Sauferei durchhalten. Er mußte im Irrenhaus landen, falls er nicht vorher an den Glasscherben starb, die er verschluckte, wenn er Flaschenhälse abbiß.

Frau Drusse, seine mütterliche Freundin, war um ihn sehr besorgt.

»Er zerstört sich selbst!« stöhnte sie. »Er ist ein Genie, und nun geht er zugrunde!« Ich glaube, sie sagte auch: »Er verbrennt von innen her!« Sie schwärmte für solche Redensarten. Einst hatte sie einen Roman geschrieben, den ich als eine Art Handbuch für die abgegriffensten und verlogensten Ausdrücke der Literatur bezeichnen muß. Man kann ihn sicherlich noch für zehn Öre in den Bücherkästen der Antiquare finden. Er heißt »Einer Mutter Herz«.

Frau Drusse war mit einem Schauspieler verheiratet gewesen, der in der Provinz in Heldenrollen aufgetreten war. Böse Zungen behaupteten, sie habe ihn zu Tode geredet. Jedenfalls war er gestorben.

Jetzt lebte sie davon, Küchenwinke für die Frauenseite eines Wochenblattes zu verfassen, und sie erklärte, daß sie etwas »Höheres« in diese Rezepte lege; sie »komponiere idealistisches Essen«. Außerdem schrieb sie an einem neuen Roman; ich entsinne mich nicht mehr, wovon er im einzelnen handelte, aber es war darin wohl auch von einer Mutter und von einem Herzen die Rede.

Trotz des bedeutenden Altersunterschiedes war sie bis über beide Ohren in Brand verliebt. Sie hatte einen Sohn, der ebenso alt war wie er – oder älter; er arbeitete als Heizer irgendwo in Amerika und schrieb ihr nie. Im Roman aber lag er gewiß an ihrem Herzen und lauschte ihren Schmerzen.

Ich bin fest überzeugt, daß Brand eine Zeitlang ihre Liebe erwiderte. Er nahm eben alles mit, was sich ihm bot. Regelmäßig besuchte er sie, vertraute ihr seine Kümmernisse und seine Geschäfte an, weinte sich in ihrem Schoß aus und lieh Geld von ihr. Sie lauschte unermüdlich seinem trunkenen Gefasel, und er sonnte sich begeistert in ihren Lobesergüssen über sein Genie.

Aber Brand hatte einen Rivalen. Vollbeck. Poul Vollbeck. Er war ebenfalls Stammgast im »Bierhof« wie übrigens in sämtlichen anderen Kneipen Kopenhagens. Jeder Kellner kannte sein leicht aufgeschwemmtes Gesicht mit den kleinen, hellen, verschwommenen Augen und dem glänzenden pomadisierten Haar.

Häufig sah man ihn in Gesellschaft irgendeines blutjungen Studenten. Junge Studenten träumen immer davon, Schriftsteller zu werden, und Vollbeck las ihre Gedichte und sagte ihnen über ihr Talent und ihre Zukunftsaussichten ermunternde Worte.

Das tat er nicht etwa, weil er es als Schriftsteller weit gebracht hätte. Er war ein leidlich tüchtiger Journalist gewesen, doch hatten ihn die Zeitungsredaktionen, in denen er einst fest angestellt war, hinausgeworfen. Stets wußte man ihn in peinliche Affären verwickelt. Gelegentlich schrieb er populäre Artikel für Wochenzeitschriften, lebte aber vor allem vom Schnorren und Betrügen.

Er verfügte über die außergewöhnliche Fähigkeit, aus allem Kapital zu schlagen. Ein alter Journalistenausweis verschaffte ihm überall Zutritt. Das Versprechen eines Zeitungsinterviews bewog jeden Gastwirt, ihn kostenlos essen und trinken zu lassen. Obwohl er keineswegs vertrauenswürdig aussah, erhielt er bei vielen Geschäftsinhabern Kredit. Stets ließ er ein Kielwasser von jammernden Kaufleuten und Schneidern hinter sich. Da er ein wenig aufgeschwemmt und feminin wirkte, meinte Frau Drusse, er sähe Oscar Wilde ähnlich. Das schmeichelte ihm außerordentlich. Aber sonst war er nicht ohne Selbstironie. Er konnte recht witzig und unterhaltend sein, und seine Frechheit war so märchenhaft, daß sie beinahe bezauberte.

Frau Drusse liebte diesen anrüchigen Menschen zweifellos genausosehr wie das rasende Genie Brand.

Vollbeck seinerseits hatte eine Schwäche für etwas ältere und reife Damen. Außerdem konnte er von Frau Drusse immer Fahrgeld und Mittagessen bekommen. Er mochte sie gut leiden und nützte sie tüchtig aus.

Übrigens war er offenbar auch in Brand etwas verliebt – er war eben eine vielseitige Natur. Aber Brand haßte ihn glühend. Wenn sich Vollbeck mit liebenswürdigen Bemerkungen an ihn wandte, fauchte Brand wütend und streckte ihm wie ein ungezogenes Kind die Zunge heraus. Gewöhnlich behandelte Vollbeck den Maler mit freundlicher, etwas wehmütiger Nachsicht.

Ich erinnere mich an einen Auftritt zwischen den beiden Rivalen im »Bierhof«, vielleicht auch in einer anderen Kneipe. Vollbeck saß mit einem seiner jungen Freunde zusammen, und Brand rief ihm durch das ganze Lokal etwas zu. Es war etwas sehr Häßliches, aber Vollbeck blieb sitzen, glatt, mit glänzend pomadisiertem Haar und hellen, feuchten Augen. Er lächelte mild. Schließlich ging Brand zu den beiden hinüber und versetzte Vollbecks jungem Freund einen Fußtritt von hinten, daß der laut aufheulte.

»Laß das doch! Wie kannst du nur! Er ist so schwächlich!« sagte Vollbeck vorwurfsvoll und schüttelte erstaunt über Brands Benehmen den Kopf. Aber er wurde nicht böse.

Wenn es bei Frau Drusse zu einem Zornesausbruch kam,

dann stiftete die Dame mit weit ausholenden Armbewegungen sofort Frieden. Sie fühlte sich außerordentlich geschmeichelt, ihre jungen Freunde wie eifersüchtige Pagen um ihre Gunst buhlen zu sehen.

»Es ist fürchterlich!« hauchte sie strahlend. »Es wird mit einem Unglück enden. Sie werden einander noch einmal meinetwegen umbringen.« Dann rang sie die Hände und sah selig aus.

»Sie sind beide genial«, erklärte sie. »Brand ist feurig – wild und wahnsinnig. Eine Naturkraft – flammendes, verzehrendes Feuer! Vollbeck ist dämonisch. Verfeinert. Schwach und zart. Er ist nur Nerven. Ein bebendes Bündel. Ich habe Platz für beide in meinem Herzen. Ich will ihnen beiden helfen!«

Frau Drusse mußte immer jemandem helfen. Worin diese »Hilfe« bestehen sollte, wußte sie selbst nicht. Sie glaubte auch fest, daß sie sich für ihren Sohn in Amerika aufopfere, obwohl er seine Heizung ganz ohne ihren Beistand versorgte. Sie hatte die sonderbare Eigenschaft, so auszusehen, als ob sie unbeschreiblich für andere litte und dieses Leiden mit wunderbarer Geduld ertrüge.

Ihre Liebe zu Brand und Vollbeck war sicherlich aufrichtig. Man konnte sich nur schwer der Rührung erwehren, wenn sie leuchtenden Auges den Prahlhans Brand als ein »flammendes, verzehrendes Feuer« pries und den durchtriebenen Vollbeck als »bebendes Bündel« bezeichnete. Sie war glücklich über ihre Schützlinge. Alle beide zogen aus der Freundschaft mit ihr viele Vorteile.

Es ist mir ein Rätsel, warum sie gerade nach mir schickte, als sie sich um ihren geliebten Brand sorgte. Vielleicht wandte sie sich nur darum an mich, weil ich auch Maler war. Es trug mir jedenfalls viele Unannehmlichkeiten ein, daß ich in die unheimliche Angelegenheit verwickelt und in Vorgänge eingeweiht wurde, von denen ich am liebsten nichts gewußt hätte.

Eines Tages ließ sie mich zu sich heraufbitten, da sie mit mir unbedingt etwas sehr Wichtiges besprechen müsse, etwas

Dringliches, wobei ich als Maler ihr helfen könne. Ich hatte ihr kurz zuvor ein kleines Bild verkauft. Vielleicht war es abgeseift oder auf andere Art beschädigt worden, und ich sollte nur nachsehen, ob es repariert werden könne. Möglicherweise auch wollte sie ein Bild eines Kollegen kaufen und von mir beraten werden. Ich ahnte jedenfalls nicht, daß sie beabsichtigte, mit mir über Schwierigkeiten zu sprechen, die sie mit ihrem Freund Brand hatte.

Ich ging also arglos zu ihr. Hätte ich damals gewußt, in was ich verwickelt werden würde, so wäre ich selbstverständlich ferngeblieben.

KAPITEL 4

Die Dichterin Frau Sylvia Drusse wohnte in einem alten Haus in der Fiolsträde. Ihre Stuben waren niedrig und dunkel und mit all jenen Requisiten vollgestopft, von denen gewisse kunstausübende Damen unbedingt umgeben sein müssen. Dort hingen in Gips die Totenmasken von Dante und Beethoven, das Mädchen aus der Seine und eine Gitarre an einem ausgeblichenen Band. Auf dem Instrument hatte sich der selige Drusse seinerzeit selbst begleitet zu seinem Sange: »Ha, ha, Satan als sein Weib.«

Da waren eine Buddhafigur, ein Kruzifix, ein Rosenkranz, eine Chimäre von Notre-Dame und eine kleine Öllampe. Dann standen natürlich überall Leuchter mit langen Kerzen. Auch der Handwebstuhl und das alte Spinnrad fehlten nicht.

In diesem Milieu also wurden die Rezepte für die Hausfrauenseite des »Familienjournals« geschaffen.

Es gab auch reichlich Kupfergeschirr. Frau Drusse selbst trug auf ihrem Busen stilisierte Metallspangen, die man wohl »Schließen« nennt, und lange Ohrringe mit Bommeln. Ihre Ärmel waren stets mit Fransen besetzt, die sich malerisch entwirrten, wenn die Dame in ihrer umfangenden Art die Arme hob. Mit Vorliebe schlug sie die Augen nieder und sprach langsam und gedämpft.

Sie sagte nicht etwa: »Kommmen Sie herein.« Sie sprach: »Treten Sie ein.«

Ich schielte nach meinem Bild an der Wand. Es hing sauber und unbeschädigt zwischen einem großen Selbstporträt von Brand und einigen Szenenbildern, die Frau Drusses verstorbenen Mann als Rinaldo und als Prinz Danilo darstellten – sicherlich auf der Bühne von Sorö.

»Ich habe Sie zu mir gebeten, weil ich mit Ihnen über eine

schwerwiegende Angelegenheit sprechen muß, eine Angelegenheit, die Sie als Maler angeht.«

»Handelt es sich um Bilder?«

»Nein. Es gilt – ein Menschenleben.« Sie hob die Arme samt den Fransen und blickte mich düster an.

»Ein Menschenleben? Das klingt unheimlich.«

»Es gilt ein Menschenleben. Das Leben eines genialen Menschen!«

»Aber wieso meinen Sie, daß ich ... ich doch kein Arzt ... ich finde ... wenn jemand in Lebensgefahr schwebt, wäre es doch besser, telefonisch ...«

»Ein Mensch schwebt in Lebensgefahr. In höchster Lebensgefahr!«

Sie sprach gedämpft, aufreizend langsam, monoton und mit einer Miene, als wäre ich mitverantwortlich für die Unglücksfälle, die sich zweifellos ereignet hatten. Sie sah übrigens immer so aus, als wäre ihr Unrecht widerfahren, und sie erweckte stets den Eindruck, als hätte ihr der Gesprächspartner schwere Leiden zugefügt, die sie mit bewundernswerter Resignation ertrüge. Ich begann ungeduldig zu werden.

»Bitte, Frau Drusse, erklären Sie sich näher. Wenn wirklich jemand in Lebensgefahr geraten ist, sollte man sich beeilen, ihm zu helfen.«

»Sie haben recht. Es gilt, rasch zu handeln.«

Sie schwieg und schlug die Augen nieder wie eine Orakelpriesterin, die geduldig wartet, daß übernatürliche Mächte das Wort ergreifen. Minutenlang ließ sie sich nicht herbei, fortzufahren.

«Wollen Sie mir nicht bald erzählen, was eigentlich los ist?«

Sie hob langsam die Lider. Ihr Blick war traurig, aber nachsichtig. »Das will ich ja. Aber Sie unterbrechen mich dauernd.«

»Haben Sie etwas dagegen, wenn ich mir inzwischen eine Zigarette anzünde?«

»Ja, offen gestanden, ja! Ich habe etwas dagegen. Ich kann Tabakrauch nicht ausstehen! Ich fühle mich krank, wenn je-

mand in meiner Nähe raucht. Tabak ist Gift. Es ist grundfalsch von Ihnen, zu rauchen. Nikotin – und übrigens auch Alkohol – zerstören allmählich des Menschen Astralleib.«

»Astralleib?«

»Ja. Die feine geistige Hülle, die das unmittelbare Gewand der Seele ist.«

»Ach!«

Ich wappnete mich mit Geduld und starrte die vielen Keramikaschenbecher an, die leer und unbenutzt herumstanden. Nach einer Weile geruhte die Dame, wieder zu sprechen.

»Es handelt sich um Hakon Brand. Er geht zugrunde. Haben Sie eine Ahnung, was ihm zugestoßen sein könnte?«

»Ich weiß nicht. Sie kennen ihn doch besser als ich. Trinkt er nicht zuviel?«

»Warum aber trinkt er?«

»Das kann ich doch nicht wissen.«

»Früher kam er immer zu mir und vertraute mir alles an, was ihm in seinem wilden, stürmischen Leben widerfahren war. Jetzt erzählt er mir nichts mehr. Ich sehe, daß er unglücklich ist. Doch er schweigt. Er trinkt nur. Trinkt ... trinkt ...«

»Ja, sein Astralleib wird bald zerstört sein.«

»Sein Leben – seine Seele – seine Kunst. Haben Sie gesehen, was er jetzt malt? Es ist erschütternd. Genial. Aber grauenhaft!«

»Man sagt, er male draußen auf dem Assistensfriedhof, aber da ist es sehr hübsch.«

»Er malt den Tod. Den Tod und die Vernichtung. Ihn bedrückt etwas. Er will davor fliehen, kann es jedoch nicht. Etwas Furchtbares hat sich ereignet. Er selbst hat es mir gesagt, hat geweint wie ein kleines Kind und am ganzen Körper gezittert. Ach, er weinte ... weinte ...«

»Was ist denn geschehen?«

»Das weiß ich eben nicht.«

»Ich denke, er hat es Ihnen erzählt?«

»Er sagte nicht, was es war. Er klagte nur: Ich bin ein Verbrecher! Ich habe etwas Unverzeihliches getan. Du darfst mich nicht fragen, was es ist. Niemals. Wir dürfen uns auf dieser Welt nie wiedersehen.«

»Hat er vielleicht im Rausch etwas angestellt?«

»Wenn er etwas Furchtbares begangen hat, dann ist er gewiß nicht bei vollem Bewußtsein gewesen. Es gibt Dämonen, die über ihn Macht gewinnen können. Ich versicherte ihm, daß ich ihm alles verzeihen würde. Er aber schüttelte verzweifelt den Kopf – es nütze nichts, niemand und nichts könne helfen. Und dann sagte er, daß er sterben wolle. Sterben – einen ewigen, traumlosen Schlaf schlafen ... Wissen Sie, ich glaube, daß er sich das Leben nehmen wird! Doch das darf nicht geschehen! Wir müssen ihm helfen!«

»Wir?«

»Ja. Sie und ich. – Sie sind sein Kamerad. Sie müssen zu ihm gehen und mit ihm reden.«

»Aber warum denn gerade ich? Das können Sie doch viel besser. Sie kennen ihn so gut und besitzen sein Vertrauen.«

»Nein, er verbirgt sich vor mir. Er wird mir nichts erzählen. Sie müssen mit ihm reden, sein Geheimnis ergründen. Und dann werden wir ihm gemeinsam helfen.«

»Das ist mir sehr unangenehm. Warum in aller Welt soll ich ... es gibt doch genug andere, die sich wesentlich besser eignen. Weshalb nicht Vollbeck? Es ist viel diplomatischer.«

»Ich fühle, daß Sie es sein müssen. Vollbeck habe ich übrigens lange nicht gesehen. Vielleicht ist er verreist, ohne sich verabschiedet zu haben. Er kann so rücksichtslos sein. Ich habe keine Ahnung, wo er im Augenblick weilt.«

»Na, dann eben ein anderer ...«

»Nein. Sie müssen es sein!«

Sie packte mich am Arm, hielt mich fest und rief: »Versprechen Sie mir, zu ihm zu gehen. Versprechen Sie es mir. Ich lasse Sie nicht los, bevor Sie mir das nicht versprochen haben. Hören Sie! Versprechen Sie es!«

Ich fürchtete einen hysterischen Anfall.

»Natürlich will ich gern Hakon Brand besuchen. Aber ich glaube wirklich nicht, daß ich auch nur das Geringste erreichen kann, und sage Ihnen gleich: Ich werde ihn unter keinen Umständen nach Privatangelegenheiten fragen.«

»Hier handelt es sich nicht um Privatangelegenheiten. Es geht die ganze Menschheit an.«

Wieder umfing sie mit ihren Fransenarmen die Luft und riß wild die Augen auf. »Brands Kunst gehört der Menschheit. Er hat nicht das Recht, sich zu vernichten, wir haben nicht das Recht, es zuzulassen.«

»Ich sehr keine Möglichkeit, es zu verhindern.«

»Aber wenn Sie mit ihm sprechen …«

»Ich bin doch kein Enthaltsamkeitsapostel. Ich gehe nicht herum und halte den Leuten Moralpredigten. Offen gestanden: Brands Trinkerei interessiert mich nicht sehr.«

Sie betrachtete mich aus zusammengekniffenen Augen und kochte sichtlich vor Wut. Schließlich vollführte sie einige Schwimmbewegungen mit den Armen, um ihre Selbstbeherrschung zu behalten, und ihre Stimme wurde wieder ruhig und tief.

»Es geht ja nicht ums Trinken. Das hat er vorher auch getan. Ihn peinigt das Geheimnis, das fürchterliche Geheimnis. Das Geheimnis, das ihn in den Tod treiben wird.«

»Ich werde Brand gern aufsuchen, aber in seine möglichen Geheimnisse will ich mich nicht einmischen. Das müssen Sie mir schon verzeihen.«

»Aber Sie gehen zu ihm? Sie gehen zu ihm? Nicht wahr? Sie haben es versprochen!«

»Ja doch, gewiß. Ich habe Brand ja auch früher schon besucht.«

»Sie versprechen es. Sie schwören es. Sie gehen zu ihm.«

»Aber ja, ja. Natürlich gehe ich zu ihm.«

Sie schwieg. Ihr Schweigen dauerte sehr lange. Vermutlich dachte sie an Brand, sann nach über sein dunkles Geheimnis oder klügelte einen Plan zu seiner Rettung aus. Ich saß da, schaukelte nervös mit meinem Stuhl und hustete, um mich in Erinnerung zu bringen. Ich war inzwischen hungrig geworden und wunderte mich, daß sie mir nichts anbot. Sie hätte gut und gern eine Tasse Tee machen können, da ich nicht einmal rauchen durfte.

Ich wurde immer ärgerlicher auf sie. Frau Drusse blieb bei ihrem hartnäckigen Schweigen, saß mit halbgeschlossenen Augen zurückgelehnt in ihrem Stuhl. Vielleicht war sie eingeschlafen oder in Trance gefallen. Möglicherweise dichtete sie.

»Mögen Sie Tomaten gern?« fragte sie plötzlich.

»Tomaten? Ja – die sind ausgezeichnet. Ich mag Tomaten sehr gern.« Ob sie mir wohl welche anbieten würde?

»Wollen Sie hören, was ich gerade geschrieben habe?« Sie ergriff ein Manuskript, das auf dem Tisch lag.

»Ja, bitte. Handelt es vielleicht von Tomaten?«

»Ja, unter anderem.«

Sie las: »Jetzt ist die Zeit gekommen, da die Tomate, die kleine, muntre rote Frucht, auf keinem Tisch fehlen darf. Die Tomate – und ihre Freundin, die lange grüne Gurke. Hier sind Farben fürs Auge. Hier ist Frische für die Zähne. Hier sind lebenspendende Vitamine für den ganzen Menschen.«

Mir wurde die Küchenseite der nächsten Woche vorgelesen.

Aber ich bekam kein Abendbrot.

Als sie geendet hatte und in ihren tranceähnlichen Zustand zurücksank, stand ich auf und räusperte mich – hm, ich müsse jezt nach Hause gehen, es sei spät.

»Sie werden Ihr Versprechen halten?«

Frau Drusse schoß hoch wie eine Rakete und starrte mich an wie ein indischer Fakir, der eine Brillenschlange hypnotisiert. Ihre Hände waren zu Fäusten geballt und ihre Arme abgespreizt, so daß die Fransen wehten. Man hätte glauben können, sie beschwöre einen bösen Geist.

Dann öffnete sie wortlos die Tür und folgte mir wie eine Schlafwandlerin auf den Korridor.

»Auf Wiedersehen, Frau Drusse. Und vielen Dank für den Abend!«

»Auf Wiedersehen. Vergessen Sie Ihr Versprechen nicht!«

Dann blieb die Dame mit Fransen und Schließen regungslos wie eine Statue oben auf dem Treppenabsatz stehen und starrte leeren Blickes vor sich hin.

Ich aber eilte zum Ströget*, um in einem Automatenrestaurant heißhungrig Butterbrote zu essen – mit Tomaten und Gurke.

* Volkstümliche Bezeichnung der Hauptgeschäftsstraße von Kopenhagen.

KAPITEL 5

Ich saß in Brands Atelier und betrachtete sein letztes Bild. Es stellte einen Friedhof dar, doch nicht den idyllischen Assistensfriedhof, sondern einen phantastischen, grotesken, auf dem sich die weißen Grabdenkmäler in Verrenkungen vornüber neigten und die Kreuze Lebewesen ähnelten. Die Toten konnte man unter der Erde in den verschiedenen Stadien der Verwesung liegen sehen.

Dies alles war auf eine ekelerregend detaillierte Weise und in fahlen, häßlichen Farben gemalt. Das Ganze wirkte unheimlich und abscheulich.

»Einfach widerwärtig«, sagte ich zu Brand.

»Sieh dir auch die anderen an.«

Er drehte einige Bilder um, die mit der Vorderseite der Wand zugekehrt gestanden hatten. Da war ein Leichenwagen, dessen mit schwarzem Stoff drapierte Pferde anscheinend durchgingen. Jedenfalls war der Sarg hinuntergefallen, und der Deckel klaffte weit auf, so daß die Leiche sichtbar lag. Das Trauergefolge lachte idiotisch und winkte mit Kränzen, Palmwedeln und Kranzschleifen. Das Gemälde war zwar noch grotesker als das erste, aber trotzdem nicht geheuer.

Brands übrige Arbeiten behandelten ebenfalls makabre Motive: Särge, Leichenwagen, Friedhöfe – alles drehte sich um Tod und Begräbnis.

An jenem frühen Vormittag war Brand ausnahmsweise nüchtern, aber er sah nicht gut aus. Er hatte dunkle Ringe um die Augen und eine grünliche Gesichtsfarbe. Die Nase saß noch immer nicht richtig, und er war unrasiert.

»Was sagt deine Freundin, Frau Drusse, zu den Bildern?«

»Sprich nicht von ihr. Ich werde sie nie wiedersehen. Zwischen uns ist alles aus.«

»Aber nicht doch! Was hat sie dir denn getan?«

»Sie hat gar nichts getan. Sie ist ein Engel. Ein Engel, der vom Himmel herniedergestiegen ist.«

»Das klingt seltsam.«

Brand antwortete nicht. Aber er war auffallend nervös und unruhig. Die ganze Zeit über sah er sich um, als ob er sich vor etwas ängstigte, als ob im Atelier versteckt ein Feind lauerte. Ich mußte an seinen Angstausbruch im »Bierhof« denken, als er es nicht gewagt hatte, nach Hause zu gehen. Er fürchtete sich offenbar wirklich vor etwas. Auch die makabren Szenen, die zu malen er so plötzlich begonnen hatte, deuteten darauf hin, daß ihm etwas zugestoßen war. Vielleicht vermutete Frau Drusse zu recht, daß er ein unheimliches Erlebnis gehabt hatte.

»Warum hattest du neulich abend im ‚Bierhof' Angst, nach Hause zu gehen?«

Brand fuhr zusammen. »Ich war betrunken. Außerdem überkommen mich häufig Angstgefühle, und ich habe Bange vor dem Alleinsein.«

Warum betrinkst du dich eigentlich so wahnsinnig? Wagst du etwa nicht, nüchtern zu bleiben?«

»Vielleicht.«

»Was meintest du damals? Du sprachst von jemandem, der nun tot sei und dir nichts mehr tun könne. Wer ist das?«

Brand sah sich erschrocken um und sagte, gegen seine Gewohnheit leise: »Das war natürlich Unsinn. Du weißt ja selbst, wie blau ich gewesen bin.«

»Bei Gott, das warst du. Aber ich wette, daß du trotzdem auf etwas Bestimmtes angespielt hast. Zwar faselst du öfter allerlei zusammen, um aufzufallen, doch ich glaube, diesmal fürchtest du dich tatsächlich.«

Brand erbleichte. Seine Hände zitterten. Jetzt war erst richtig zu sehen, wie stark die Trinkerei ihn mitgenommen hatte. Er mußte mit Delirium oder Irrsinn enden, wenn er so weitermachte.

Er sah sich wieder um. Dann rückte er mit seinem Stuhl ganz dicht an mich heran und flüsterte: »Ich kann es dir ja erzählen. Von mir aus magst du mich ruhig für verrückt halten. Wenn es dir aber einfallen sollte, mich bei der Polizei anzuzeigen, so erkläre ich einfach alles für Lüge – hahaha! Hier sind ja keine Zeugen zugegen. Du wirst nichts beweisen können. Ein Betrunkener darf dummes Zeug schwatzen, ein Nüchterner darf schwindeln. Es wird nicht nützen, wenn du mich anzeigst.«

»Ich habe gar nicht die Absicht, dich anzuzeigen. Falls du aber ein Verbrechen begangen hast, möchte ich dir doch raten, nicht zu viele Menschen einzuweihen.«

»Ich habe bisher mit keinem darüber gesprochen. Du bist der erste.«

»Warum beichtest du es nicht lieber Frau Drusse?«

»Nein, nein! Sie darf das niemals erfahren. Sie muß geschont werden.«

Ich wartete ab, ob er fortfahren würde, denn vielleicht spielte er wie schon so oft nur Theater. Er machte ja gern den Leuten etwas vor. Doch seine Blässe und seine Aufgeregtheit deuteten an, daß es ernst war.

»Ich weiß selbst nicht, warum ich es dir erzähle. Aber es kann ja keine Folgen haben. Ich gehe dabei kein Risiko ein. Und es ist so schwer, nicht darüber zu reden. Ich denke ja Tag und Nacht an nichts anderes.«

Er schwieg einige Sekunden lang. Dann neigte er sich zu mir und sah mir ins Gesicht. »Ich habe einen Mann ermordet.«

KAPITEL 6

Brand beobachtete neugierig, wie seine Worte auf mich wirkten. Ich blieb ganz ruhig. Ich kannte ja Brand und seine Einfälle. Und ich glaubte natürlich nicht einen Augenblick, daß er ein Mörder war.

»Wirklich?« fragte ich nur.

»Du sagst ‚wirklich'- du sagst nur ‚wirklich' – du glaubst es wohl nicht? Du denkst gewiß, ich lüge? Hahaha! Um so besser! Was ist denn wirklich weiter zu sagen als wirklich? Du hast recht. An sich gibt es ja gar nichts Aufregendes dabei. Ein Mann ist tot, und ich habe ihn umgebracht. Ich spüre auch nicht die geringsten Gewissensbisse. Das darfst du nicht annehmen. Das ist es gar nicht. Aus einem ganz anderen Grund habe ich Angst, nach Hause zu kommen und allein zu sein.

Nein, Nein. Daß ich einen Menschen umgebracht habe, raubt mir nicht meine Nachtruhe. Da habe ich eine gute Tat vollbracht, ein Ungeziefer ausgerottet, eine Laus zerquetscht. Das bedeutet gar nichts. Deswegen würde ich genausogut wie sonst schlafen. Nein, es ist etwas ganz anderes.«

»Wen hast du ermordet?«

»Einen Mann, den du kennst.« Brand flüsterte wieder und neigte sein Gesicht so nahe zu mir, daß ich seinen schlechten Atem roch. »Poul Vollbeck. Findest du vielleicht, daß er ein besonders nützliches Mitglied der menschlichen Gesellschaft war?«

»Nein. Aber deshalb brauchtest du ihn doch nicht umzubringen.«

»Nein? Du siehst das nicht ein? Ich schon. Er war ein ganz gemeiner Mensch. Ein widerliches Vieh. Er hatte etwas zu Sylvia – zu Frau Drusse – gesagt, was mich herabsetzen sollte. Mit Überzeugung sogar. Übrigens sprach er die Wahrheit. Aber Frau Drusse hätte sie doch nicht zu erfahren brauchen. Er berichtete brühwarm, was ich in einer Kneipe im Rausch über sie und mich gesagt hatte. Ja, dieses widerliche Vieh hat es ihr zugetragen, obendrein auf eine scheinheilige, ekelhafte Art, so daß er nicht wie ein Klatschweib, sondern wie ein ehrlich entrüsteter Freund wirkte. Er war sehr ärgerlich. Dieser Vollbeck! Er tat ja so, als ob er sie liebte. Dabei wollte er nur ihr Geld, dieser Verbrecher. Allein Sylvias wegen ist es gut, daß ich ihn umgebracht habe. Sie machte mir eine Szene, und ich verließ sie im Zorn. Und dann – dann besaß Vollbeck die beispiellose Frechheit, mich aufzusuchen, hierherzukommen – hierher! Er stellte sich natürlich, als ob es ihm leid täte. Er habe doch nicht geahnt … Ich müsse verzeihen. Er habe einen schrecklichen Bock geschossen. Aber alles könne doch leicht aufgeklärt werden. Schließlich sei nichts Unwiderrufliches geschehen. Gar nichts. Frau Druse weine und hoffe, daß ich bald zu ihr zurückkehre. Hier stand er also. Hier, an dieser Stelle – und dann erwürgte ich ihn. Ich packte ihn an der Kehle und drückte zu. Kannst du dich erinnern – er hatte so feuchte, verschwommene Augen. Und er glotzte so. Er glotzte, als wäre er erstaunt, daß ich ihn umbringen wollte. Sein pomadisiertes Haar roch nach Nelken. Ich kann den Geruch nicht vertragen. Aber hör nur weiter. Nun kommt das Fürchterliche. Er wehrte sich natürlich. Er war ja groß und stark und hatte mehr Kraft, als ich vermutet hatte. Wir stürzten zu Boden. Einen Augenblick lang war er nahe daran, sich loszureißen. Und dann keuchte er – er war ganz blau im Gesicht, und seine Augen quollen weit heraus –, da keuchte er also: ‚Du Idiot! Du kommst ins Zuchthaus, wenn du mich umbringst. Du wirst die Leiche nie loswerden. Du wirst die Leiche nie loswerden …' Das waren seine letzten Worte.«

Brand war von seinem Bericht völlig erschöpft. Er atmete stoßweise und wischte sich mit einem Malerlappen den Schweiß von der Stirn; dabei beschmierte er sein ganzes Gesicht mit Ölfarbe.

»Bist du dann – bist du dann die Leiche losgeworden?« fragte ich.

»Ja, ich bin sie losgeworden.«

»Wie denn? Wie hast du das gemacht?«

»Das sage ich natürlich nicht.« Brand sah mich pfiffig an. »Nicht weil ich glaube, daß du zur Polizei gehen oder mit anderen darüber reden willst. Aber du könntest dich ja mal betrinken … Oder wenn du betäubt wirst, vielleicht beim Zahnarzt, oder wenn man dich operiert – in der Narkose sagt man vieles, was man sonst verschweigt. Du mußt das verstehen – ich kann nicht sagen, wo ich den Leichnam versteckt habe.

Falls du lediglich das weitererzählst, was ich dir bisher berichtet habe, dann schadet das nichts. Keiner wird es glauben. Und wenn schon, ich brauchte nur zu sagen, daß es Lüge ist. Kennst du aber den Ort, an dem er liegt, und man sucht und findet ihn, dann bin ich geliefert. Ich brachte ihn also fort. Das war nicht so einfach. Er lag da mitten auf dem Fußboden. Du ahnst nicht, wie schwer er war. Er war ganz steif geworden. Ein schreckliches Stück Arbeit! Es gibt nichts Unhandlicheres als eine Leiche. Doch es gelang. Jetzt ist er gut versteckt. – Aber hör weiter. Einige Zeit verging. Und dann kam ich eines Abends nach Hause. Es war recht spät. Ich dachte gar nicht an Vollbeck. Die ganze Geschichte hatte keinen besonderen Eindruck auf mich gemacht. Na, ich steckte also den Schlüssel ins Schloß und kam herein. Es war stockdunkel – verstehst du. Und da – da lag er wieder hier – hier auf dem Fußboden.«

»Wer?«

»Vollbeck. Das heißt sein Leichnam. Lag da – mitten auf dem Fußboden.«

»Du warst betrunken.«

»Nein, eben nicht. Ich war stocknüchtern, hatte den ganzen Tag über keinen Alkohol zu mir genommen. Du brauchst es ja nicht zu glauben. Das ist mir gleich. Aber es war so.«

»Na und dann? Du hast gemerkt, daß es eine Halluzination war?«

»Es war keine Halluzination.« Brands Stimme klang ruhig. Er starrte mich wie wahnsinnig an. Zweifellos hatte der Alkohol dem armen Kerl den Verstand geraubt.

»Ja, aber – es muß doch eine Halluzination gewesen sein. Du hast doch eben selbst gesagt, daß du die Leiche weggeschafft und gut versteckt hattest.«

»Stimmt, sie war ausgezeichnet versteckt gewesen. Aber nun lag sie wieder da. Ich faßte sie an.«

»Es gibt auch Gefühlshalluzinationen.«

»Ich bin doch über sie gestolpert. Dabei habe ich gar nicht an Vollbeck gedacht, ich war ahnungslos. Ich sah ihn nicht einmal. Und ich faßte ihn an. Er war ganz kalt. Sein pomadisiertes Haar roch nach Nelken. Das ganze Atelier roch nach seiner Nelkenpomade. Ich drehte das Licht an: Da lag er. Genauso wie damals. In der gleichen Lage. Mit offenem Mund und glattem, glänzendem Haar. Der Scheitel war nicht einmal in Unordnung, so stark war er pomadisiert. Er war ebenso steif wie damals, und ich konnte ihn wieder nur mit Mühe fortschleppen. Blitzartig kamen mir seine letzten Worte in den Sinn: ‚Du wirst die Leiche nie loswerden!'«

Brand barg das Gesicht in seinen schmutzigen Händen und stöhnte schmerzlich. Er schaukelte auf seinem Stuhl hin und her, hin und her.

»Und was dann? Was machtest du dann? Das ist ja Wahnsinn. Bist du sie …«

»Ja. Ich – habe – sie fortgeschafft. Ich habe sie an dieselbe Stelle geschafft, wie – wie die andere. Dort liegen jetzt zwei Leichen!«

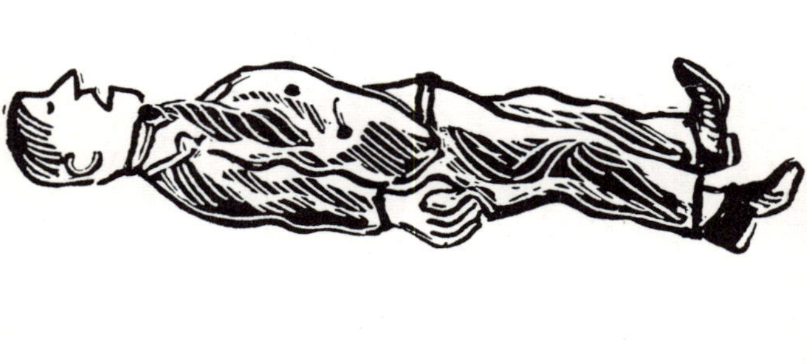

KAPITEL 7

Tags darauf wurde Brand verhaftet. Alle Zeitungen brachten die Meldung, und ich erschrak, als ich die Überschriften las. Aber es handelte sich nicht um Mord. Er war am Abend im Suff in ein fremdes Auto geklettert. Da der Eigentümer leichtsinnigerweise den Schlüssel hatte steckenlassen, war es Brand gelungen, den Wagen in Gang zu bringen, so daß er quer über die Straße in ein Schaufenster hineinfuhr. Zum Glück war kein Mensch zu Schaden gekommen. Trotzdem sah es für Brand bedenklich aus.

Er war früher schon mit der Polizei in Konflikt geraten. Einmal mußte er eine Geldstrafe von dreißig Kronen zahlen, weil er – wie die Anklageschrift lautete – »in berauschtem Zustand auf dem Rathausplatz Wasser gelassen hatte«. Er war stolz auf dieses Bubenstück und bewahrte das Urteil lange auf, um es allen möglichen Leuten zeigen zu können.

Mehrmals hatte er im Arrestlokal übernachten müssen. Zur Erinnerung an sein erstes Frühstück im Polizeigewahrsam ließ er eine kleine Holzgabel und einen Holzlöffel mitgehen. Er erzählte, daß die Festgenommenen nur solche Bestekke bekämen, um nicht mit scharfen Eßgeräten Selbstmord begehen zu können. Wenn er das nächste Mal auf die Wache müsse, würde er sich aber gerade mit einer Holzgabel umbringen, nur um die Polizei zu ärgern.

Er tat es aber nicht. Hingegen besaß er jedesmal die unglaubliche Frechheit, die Holzgabeln zu stehlen, so daß er schließlich einen ganzen Satz beisammen hatte.

Diesmal aber war die Sache ernster als sonst. Menschen hatten in Lebensgefahr geschwebt. Werte waren vernichtet worden. Und es wurde von »Gebrauchsdiebstahl« gesprochen. Das konnte ihm Gefängnis und Verlust der bürgerlichen Ehrenrechte einbringen.

Brand litt unter der Haft. Es freute ihn natürlich, daß sich die Zeitungen mit ihm beschäftigten, wenn auch nicht gerade sehr schmeichelhaft. Aber es nahm ihn doch sehr mit, eingesperrt zu sein und Alkohol entbehren zu müssen. Da man befürchtete, er würde Delirium bekommen, steckte man ihn für einige Zeit ins Krankenhaus. Ständig phantasierte er von einem Mann, den er ermordet hätte, und einer Leiche, die er nicht loswerden könnte.

Das Urteil fiel wider Erwarten mild aus: vierzehn Tage Haft.

Die Anklage auf »Gebrauchsdiebstahl« war fallengelassen worden. Brand verlor auch keines seiner Bürgerrechte. Ihm wurde nicht einmal der Führerschein entzogen, da er niemals einen besessen hatte.

Seine Strafe saß er im Vestregefängnis ab, und man billigte ihm allerlei Erleichterungen zu. Ihm wurde Sonderverpflegung gestattet; Frau Drusse brachte ihm gebratene Tauben und ausgehöhlte Tomaten, die Liebesbriefe enthielten. Sie hätte ihm am liebsten in Pasteten eingebackene Feilen und Strickleitern geschickt, aber der Anwalt riet ihr energisch ab. Brand wäre wohl auch kaum imstande gewesen, in den zwei Wochen eine Eisenstange durchzufeilen.

Er durfte lesen, zeichnen, malen und täglich zweimal, beim Spaziergang, eine Zigarre rauchen. Auch einen bequemen Stuhl hatte man ihm in die Zelle gebracht. Es war also gar nicht so schlimm, auf diese Art eingesperrt zu sein.

Aber Frau Drusse seufzte und faselte von Gefängnismauern und Gittern und rasselnden Ketten. Sie stellte sich vor, daß Brand weinend, mit einer großen Eisenkugel am Bein, auf seiner Pritsche säße, und sie schrieb ein sehr trauriges Gedicht über den, der »einsam gefangen in Tagen, den langen«. Tag für Tag erschien sie im Vestregefängnis und lieferte für ihren Freund Lebensmittel und kleine Leckereien ab. Tag für Tag weinte sie herzzerreißend, wenn der Pförtner »das schwere Gefängnistor zufallen ließ«.

Trotz aller Erleichterungen und trotz der kurzen Zeit konnte Brand die Haft nur schwer ertragen. Er litt an Schlaflosigkeit und phantasierte. Einmal rief er des Nachts einen Gefängnisbeamten und verlangte, einem Richter vorgeführt zu werden, da er ein Mörder sei und ein Geständnis ablegen wolle. Sobald aber Licht gemacht worden war, zog er sein »Geständnis« zurück. Der Beamte war nett und geduldig und tröstete ihn, wenn er einen Weinkrampf bekam und schrie, er habe jemanden ermordet. Herrgott – es sei ja kein Mensch zu Schaden gekommen. Es sei natürlich unverantwortlich, sich in anderer Leute Auto zu setzen und zu starten, wenn man nicht einmal fahren könne und sternhagelvoll sei, aber es sei ja nichts geschehen, zum Glück niemand getötet worden. Er sei doch gar kein Mörder.

Es half alles nichts. Brand war völlig zusammengebrochen und mochte nicht einmal die leckeren Tauben und ausgehöhlen Tomaten essen. Frau Drusse erzählte, er brächte den Tag mit Weinen und Bibellesen zu, doch ich glaube es nicht. Woher könnte die Dame das auch wissen?

Sie sprach von Brand, als ob er der Mann mit der eisernen Maske wäre oder Leonora Kristine oder sonst ein unglücklicher Gefangener auf Lebenszeit. Ich bin aber überzeugt, daß sie diese vierzehn Tage trotz allen Kummers genoß, selbst wenn sie später von ihrer »Leidenserinnerung« sprach.

Sie besuchte mich fast täglich und forderte schmerzbebend, daß ich mich an die Spitze einer Bewegung stellen und die Angelegenheit in die Hand nehmen solle. Die dänischen Maler müßten protestieren. Das dänische Volk müßte sich gegen dieses Justizverbrechen erheben.

Es waren beschwerliche Tage. Aber auch sie gingen vorüber, und eines frühen Morgens wurde Brand entlassen.

Frau Drusse hatte geglaubt, die dänischen Maler würden sich am Gefängnistor mit Fahnen und Fackeln und Blumen einfinden. Sie hatte Blasorchester, Lorbeerkränze, Reden und Weihrauch erwartet. Natürlich wollte keine Katze feiern, bloß weil Hakon Brand seine vierzehn Tage wohlverdienter Haft abgesessen hatte.

Frau Drusse selbst kam, mutterseelenallein, den Arm voll teurer, dunkelroter Rosen.

Als Brand aus dem Tor trat und sie erblickte, war er außer sich. »Hinweg, Weib!« brüllte er hysterisch. »Geh! Geh! Paß auf, daß ich dich nicht ermorde! Du wärst nicht der erste Mensch, den ich umbringe.«

»Hakon!« schrie sie. »Hakon! Was sagst du da? Du bist krank. Sie haben dir den Verstand geraubt. Die Schurken! Ach, komm her und laß mich dir übers Haar streichen.«

Der Pförtner berichtete das und erzählte auch, daß der Freigelassene wie ein Verrückter davongelaufen, Frau Drusse aber mit den Rosen im Arm stehengeblieben sei und hinter ihm hergeschrien habe. Sie hat herzzerreißend geweint, als sie endlich zur Straßenbahnhaltestelle abgetrabt ist.

KAPITEL 8

Hatte Brand denn tatsächlich einen Mann erwürgt und den Leichnam versteckt? Ich wußte wirklich nicht, was ich glauben sollte. Schließlich war es seine Art, allerlei Humbug anzustellen und sich mit Geheimnissen zu umgeben, weil er interessant wirken wollte. Aber seine Aufregung, als er mir die unheimlichen Geschichten erzählte, war zweifellos echt gewesen. Sein leichenblasses Gesicht, die Schweißtropfen auf der Stirn, der flackernde Blick – das konnte nicht Theater gewesen sein.

Jedenfalls stand für mich fest: Brand war irrsinnig geworden. Es wunderte mich nur, daß man ihn aus dem Gefängniskrankenhaus ohne weiteres entlassen hatte.

Hakon Brand verblüffte uns bald von neuem. Wenige Tage, nachdem er freigekommen war, erfuhr ich, daß er nicht mehr in der Stadt weilte. Er war in seinen Geburtsort auf Fünen gefahren, und er hatte aufgehört zu trinken.

Ich hatte Frau Drusse von meinem Besuch bei ihm und von seinem seltsamen Geständnis nichts gesagt. Sie glaubte deshalb, ich hätte mein Versprechen nicht gehalten, und machte verbittert Andeutungen. Sicherlich war ich in ihren Augen auch für Brands verrückten Streich mit dem Auto verantwortlich.

Trotz ihrer Vorwürfe hielt ich es nicht für ratsam, sie über meinen Besuch bei ihrem Freund zu informieren. Wenn ich selbst auch noch immer bezweifelte, daß er einen Mord begangen hatte, Frau Drusse hätte gewiß jedes Wort für bare Münze genommen. Vor allem seine blödsinnigen Behauptungen über die Leiche – oder vielmehr die zwei Leichen –, die er habe wegschaffen müssen, hätten Frau Drusse sehr angesprochen. Sie schätzte außerordentlich alles Mystische und

Widersinnige und war stets bereit, gerade das Unwahrscheinlichste zu glauben.

Brands Geschichte hätte ihre Phantasie angeregt und die überspannte Frau veranlaßt, Unheil anzurichten. Man durfte nur hoffen, daß Brand nicht zuviel im Vestregefängnis geschwatzt hatte.

Frau Drusse selbst erzählte mir, daß er abgereist war. »Nun können Sie sich also die Mühe sparen, zu ihm zu gehen.«

Sie hatte von ihm einen langen Brief bekommmen, den sie stolz vorzeigte. Da könnte man sehen – sie besitze noch immer sein Vertrauen.

Brand schrieb aus seiner Heimatstadt Svendborg. Und er schrieb genauso, wie Frau Drusse es liebte. Er sei nun heimgekehrt. Aber es sei mehr als eine Heimreise, es sei eine Flucht aus der großen, bösen Welt.

Hier in Svendborg sei alles wie einst, als er ein Kind gewesen war, und er habe noch nicht einen Tropfen Bier getrunken. Kleine, weiße Schiffe segelten auf dem blauen Fjord zwischen den grünen Inseln. Freundliche Veteranen spazierten in den engen Gassen. Brave, wettergebräunte Schiffer stünden am Hafen und spuckten ins Meer. Gütige, weißhaarige Mütter säßen an ihren Straßenspiegeln und warteten auf die Rückkehr ihrer Söhne von großer Fahrt. Rosa Pelargonien blühten vor kleinen, schiefen Fenstern.

Hier fänden seine verbrauchten Nerven Ruhe und Frieden. Hier könne er das Leben neu beginnen, nach allem, was er »vergeudet« und »vertan« habe. Hier sei er zu Hause. Hier wolle er arbeiten. Hier wolle er leben. Und hier wolle er einmal sanft und still sterben und auf Thurös idyllischem Friedhof mit der Aussicht auf den Sund zur ewigen Ruhe gebettet werden.

Frau Drusse weinte vor Rührung, als sie mir diesen Brief vorlas. Die unruhevolle Seele habe Frieden gefunden. Die wilde Jagd sei vorbei. Svendborg sei Balsam für blutende Nerven. So etwa drückte sich die Dame aus.

Sie beabsichtigte, so bald wie möglich nach Svendborg zu ziehen, und begann sofort mit den Vorbereitungen. Warum mußte sie denn in der Hauptstadt wohnen? In dem friedvollen Svendborg konnte sie doch viel besser an ihrem Roman und an ihren Kochrezepten dichten und zugleich ihrem geliebten Hakon nahe sein.

»Ich komme!« schrieb sie ihm. »Ich schüttele den Staub von meinen Füßen und komme zu dir. Ich sehe ein, daß Svendborg die Quelle unseres Glückes sein wird.«

Aber leider waren doch gewisse Vorkehrungen nötig. Unter anderem mußte sie den Koffer packen, bevor sie zu ihm eilen konnte, und inzwischen traf ein neuer Brief von Brand ein, in dem er sich vorsichtig, aber eindeutig ihr Kommen verbat:

Es sei nun alles zu Ende. Die Vergangenheit könne niemals wieder heraufbeschworen werden. Nur die Erinnerung an ihre Liebe werde er ewig tief in seinem Herzen hegen. Auch sie müsse die Erinnerung bewahren, aber nie denken, daß die alten Zeiten jemals wiederkehren könnten. Er sei ein anderer Mensch geworden. Eine große und seltsame Veränderung sei mit ihm vorgegangen. Er habe sich von seinem ganzen früheren Leben losgerissen.

Er benutzte Wörter wie »Wiedergeburt« und »Auferstehung«.

Das war ein schwerer Schlag für Frau Drusse. Sie hatte nicht einmal Vollbeck, um sich zu trösten. Sie weinte sehr, und ihr Gesichtsausdruck wurde noch leidender und mild resigniert.

»Ich habe immer für andere gelebt«, sagte sie einmal zu mir, »und stets nur Undank geerntet. Ich habe das Leid auf mich genommen. Und ich fühle, daß ich geläutert werde.«

Diese traurigen Worte sprach sie an der Ecke Skindergade und Gammel Torv schallend laut zur Verwunderung der Vorübergehenden. Dabei breitete sie die Arme aus, so daß sie wie gekreuzigt aussah.

Die große und wunderbare Veränderung, die Brand angedeutet hatte, bestand vor allem darin, daß er Abstinenzler geworden war.

Wenn andere Menschen keine Lust mehr haben, Alkohol

zu trinken, dann lassen sie es einfach sein. Aber so simpel konnte das bei Brand nicht vor sich gehen. Er war nicht wie andere Menschen. Er mußte aller Welt verkünden, daß er Bier verabscheue. Von der Fünenschen Presse ließ er sich interviewen und gebrauchte harte Worte gegen die widerwärtige Trunksucht, die die Hauptstadt verheere.

Wie könne man arbeiten, wenn das Gehirn abgestumpft und vom Suff umnebelt sei? Wie könne man schaffen und schöne Werke gestalten, wenn man selbst ein Schwein wäre? Das dürfte er wohl mit Recht fragen! Er sei jetzt rein! Gesund an Leib und Seele! Andere dänische Künstler sielten sich noch im Dreck. Er wolle sie nicht verurteilen, doch könne er nicht anders, er müsse diese Menschen verachten. Er empfinde das tiefste Mitleid für sie, aber er glaube kaum, daß sie noch zu retten seien.

Auf die Frage des Reporters, was er im allgemeinen von der zeitgenössischen dänischen Kunst halte, erklärte er, im Augenblick gäbe es gar keine dänische Kunst. Das sei die bittere Wahrheit, der man mutig ins Auge sehen müsse. Alle seine ehemaligen Kameraden seien nur verkommene Menschen, Trunkenbolde und Schweine. Mit Biertrinken und Intrigenspinnen hätten sie ihre Zeit verbracht. Es gebe keine Andacht vor der Arbeit. Keine Ehrfurcht vor der Kunst. Keine Dankbarkeit gegenüber der Vergangenheit.

Er aber, Hakon Brand, habe es verstanden, sich zu befreien. Er sei aus dem Sumpf emporgestiegen. Er habe sich aus dem Morast gerettet, von dem Dreck freigearbeitet. Und nun werde er eine Kunst schaffen, die das dänische Volk und die Welt in Erstaunen setzen werde.

»Ich bin kerngesund an Leib und Seele. Ich bin ein Däne und ein Mann des Volkes. Ich bin fünisch und strotze vor Kraft«, sagte er abschließend zu den Journalisten.

An Frau Drusse schrieb er in seinem allerletzten Abschiedsbrief:

»Ich stehe jeden Morgen um sechs Uhr auf und beginne sofort zu malen. Um neun frühstücke ich, und dann male ich weiter. Um elf treibe ich Gymnastik. Um zwölf nehme ich eine kalte Dusche. Danach esse ich Mittag. Nichts ist so herrlich wie essen. Nach dem Essen male ich wieder. Um vier Uhr trinke ich Milch und esse hausbackenen Butterkuchen. Ich male weiter, bis es dunkel wird. Dann esse ich Abendbrot.«

Er war lauter Gesundheit und Wohlbefinden und Arbeitslust. Ihn quälten keine anrüchigen Geheimnisse. Nichts mehr von Mord und von Leichen, die er nicht loswerden konnte.

KAPITEL 9

Eines beunruhigte mich: Vollbeck war tatsächlich verschwunden. Der dicke, freche, gemütliche Vollbeck war weg.

Er fand sich nicht mehr an den gewohnten Orten ein. Man traf ihn niemals auf der Straße. Man sah ihn nicht mehr umherstolzieren, mit einem gelben Kuvert in der Hand und mit wichtiger Miene, als sei er auf dem Wege zu einer ungemein bedeutsamen Konferenz. Man wurde niemals mehr aufgefordert, ihm eine Krone zu leihen. Sein Platz im »Bierhof« blieb leer.

Auch Frau Drusse wußte nicht, wo er geblieben war. Sie war wohl die einzige, die ihn vermißte. Ich fragte sie, wann sie ihn zuletzt gesehen habe, und ihre Antwort fiel nicht gerade beruhigend aus:

»Kurz bevor ich damals mit Ihnen über Brands Befinden sprach.« Sie erzählte, daß es zwischen Brand und Vollbeck zu einem Streit gekommen sei. Vollbeck habe etwas berichtet, was Brand über Frau Drusse gesagt haben sollte, und Brand sei wütend gewesen. (Das stimmte genau mit Brands Darstellung überein.) Er habe zornig ihre Wohnung verlassen, woraufhin Vollbeck versprochen habe, ihn aufzusuchen und, wenn möglich, zu beruhigen. Der Journalist sei nicht zurückgekommen, und seitdem habe sie nichts von ihm gehört.

»Wenn ihm nur nichts zugestoßen ist! Er ist so unbesonnen und könnte leicht in Schwierigkeiten geraten.«

Sie hatte alle ihre Bekannten nach ihm gefragt, doch keiner wußte, wo er war. Sie hatte ihm geschrieben, aber keine Antwort erhalten. Sie hatte an seine Tür geklopft, aber keiner hatte »Herein!« gerufen.

Es sah aus, als hätte Vollbeck sie ebenfalls auf immer verlassen und anderswo ein neues Leben begonnen – wie Brand.

Es war bitter, beide zu vermissen; sie hatte ihnen doch so viel bedeutet. Aber so war das Leben, und sie schien dafür geschaffen zu sein, sich aufzuopfern und zu leiden. Frau Drusse hob entsagungsvoll ihre von Fransen umwehten Arme und seufzte wie eine Dulderin, die sich fromm und gefügig in ihr hartes Schicksal ergibt.

Es war ja wirklich nicht sehr erfreulich für sie. Wenn mich das alles auch nichts anging, so hätte ich doch gern gewußt, wo Vollbeck weilte, um feststellen zu können, ob er am Leben war. Zuletzt hatte er in der Rörholmsgade gewohnt, einer tristen Straße in der Nähe des Sölvtorv.

Seine gekränkte und verbitterte Wirtin empfing mich. Nein, er sei nicht da. Er sei abgehauen. Verschwunden. Getürmt. Und er habe seit langem keine Miete bezahlt. Das sei ein großer Verlust für sie. Wer würde ihr den wohl ersetzen? Ich vielleicht? Ha – natürlich nicht. Ein glatter Betrug!

Falls ich Herrn Vollbeck träfe, solle ich ihm ausrichten, daß sie sich bald an die Polizei wenden würde. Auch sei sie von seinen vielen Gläubigern belästigt worden. Er sei fürwahr ein feiner Herr!

Ich erkundigte mich, ob er sein Gepäck oder etwas anderes in seinem Zimmer hinterlassen hatte.

»Nein, nichts von Wert.« Wie ich selbst sähe, lägen hier nur einige Papiere, ein angefangenes Manuskript, ein gelber Bleistift, ein schmutziges Hemd, ein Paar zerrissene schmutzige Socken und eine alte Papppschachtel voller Zeitungsausschnitte. Da sei für eine alte Frau, die vom Zimmervermieten lebe, wirklich nichts zu holen. Nichts deutete auf Vollbecks Spur hin.

Dann telefonierte ich mit der Redaktion, bei der er gewöhnlich seine Artikel unterbrachte. Doch auch dort wußte man nicht, wo er sich aufhielt. Er komme im allgemeinen regelmäßig, in letzter Zeit aber habe er sich weder blicken lassen noch über die Post Manuskripte eingesandt. Das sei sehr ärgerlich, da er ziemlich viel Vorschuß erhalten habe und daher mehrere Artikel schulde. Der Redaktionssekretär war beinahe so wütend wie Vollbecks Wirtin in der Rörholmsgade.

Nun fiel mir nichts Besseres ein, als seine Verwandten aufzusuchen und zu fragen, ob sie vielleicht seine Adresse kannten oder nach dem kritischen Zeitpunkt von ihm gehört hatten. Auch dieser Versuch blieb erfolglos.

Vollbecks Familie hatte schon Jahre zuvor mit ihm gebrochen. Er galt als das schwarze Schaf, mit dem man nichts zu tun haben wollte. Einstmals war er großzügig unterstützt worden. Nun mußte er seinen Weg allein gehen. Man wußte nicht, wo er war. Und man wollte es auch gar nicht wissen.

Es blieb also noch das Einwohnermeldeamt. Nach Entrichtung der Gebühr von 75 Öre erhielt ich nur seine letzte Adresse, die mir ja wohlbekannt war. Das Geld hatte ich zum Fenster hinausgeworfen.

In meinem Eifer, eine Spur des Verschwundenen zu finden, wagte ich mich sogar ins Bremerholmer Stammrollenbüro. Ich wurde mit militärischer Barschheit empfangen und fixiert, als wäre ich zumindest der Spionage überführt. Die Beamten schlugen in Büchern nach und suchten in Listen herum, konnten mir aber Vollbecks Aufenthaltsort auch nicht nennen. Man ließ mich nur eines wissen: Falls er ohne vorschriftsmäßige Abmeldung ins Ausland gereist sei, erwarte ihn die verdiente Strafe, sobald er seinen Fuß wieder auf dänischen Boden setze.

Damit hatte ich fast alle Möglichkeiten erschöpft, einen Mann zu finden, der plötzlich in Kopenhagen verschwunden war. An die Polizei konnte ich mich nicht wenden, weil ich weder einen Skandal noch Brands Verhaftung veranlassen wollte. So wichtig war mir die ganze Angelegenheit nicht.

Frau Drusse, die energischer war als ich, ging indessen einen Schritt weiter. Sie annoncierte in den Tageszeitungen unter »Persönliches«:

Poul V.

Wo bist du? Sylv. sehnt sich. Gib ein Lebenszeichen!

Da dieses Inserat erfolglos blieb, ließ sie in den nächsten Tagen drucken:

Poul V-beck.
Gib Adresse an! Bin besorgt. Fürchte das Schlimmste.
Sylvia D.

Zuletzt hieß es einfach:

Poul Vollbeck.
Jeder, der über den Schriftsteller Poul Vollbeck Auskunft geben kann, wird gebeten, sich zu melden unter …

Diesmal kamen Briefe von Gläubigern des Journalisten, die selbst Näheres erfahren wollten. Niemand wußte etwas über seinen Verbleib. Niemand hatte ein Lebenszeichen von ihm erhalten nach jenem Tage, an dem er die Auseinandersetzung mit Hakon Brand gehabt hatte.

KAPITEL 10

Brand war nicht nur Abstinenzler geworden, sondern auch »erlöst« oder »bekehrt«, wie er sagte.

Sicherlich können sich noch viele an die religiöse Strömung erinnern, die seinerzeit unter dem Namen Oxfordbewegung viel Aufsehen erregte, über Nacht Mode wurde und reichlich Stoff für die Presse lieferte. Ihren Einzug in Skandinavien hielt sie unter Führung eines gewissen Mr. Buchman und seines sogenannten Teams. Während ihrer äußerst kurzen Blütezeit in Dänemark gewann sie auf viele Menschen Einfluß. Zu ihren ersten Anhängern zählte Brand.

Auf einer Oxfordversammlung in Ollerup bei Svendborg war eine große Menschenmenge mit Mr. Buchmans Team an der Spitze versammelt, als Brand aufstand, seine Sünden bekannte und seine Bekehrung proklamierte.

Das geschah auf höchst sensationelle Weise und machte für die Bewegung große Reklame. Brand wurde – wie Mr. Buchman sich ausgedrückt hätte – ein »gutes Aktiv«.

Seine Bekenntnisse waren äußerst offenherzig. Vor allem die weiblichen Zuhörer lauschten hingerissen, und als er seine lange Rede mit bewegter Stimme schloß, brach tosender Beifall aus, den Brand mit einer Verbeugung und einnehmendem Lächeln quittierte. Wenn sich der Maler für die Bewegung nützlich erwies, so gereichte ihm sein Bekenntnis zu ihr nicht weniger zum Vorteil: Hakon Brand wurde auf einen Schlag im ganzen Lande bekannt und fand manchen Kunden aus Kreisen, deren Angehörige sich sonst nicht für Malerei interessierten.

Weder seine Bilder noch seine Ausschweifungen hatten vermocht, ihm die heißersehnte Berühmtheit einzubringen, zu der er nun spielend leicht gelangte. Seine Bekehrung, seine detaillierte Beichte und seine pathetische Rede bewirkten, daß man weit und breit über ihn sprach.

Die Oxfordversammlung in Ollerup wurde vom Staatsrundfunk übertragen, und so hörte auch ich Brands Worte. Seine Stimme war unverkennbar, obwohl er versuchte, priesterlich salbungsvoll zu reden.

Anfangs sprach er über die Kunst, die eine göttliche Berufung sei. Das Talent sei ein Geschenk Gottes. Es gelte, diese Gabe zu verwalten, damit sie in seinem Geiste wirken könne. Der Künstler solle Gott durch sich sprechen lassen. Er solle ein Mittler, sozusagen Gottes Mikrophon sein (Beifall), durch das sich Gott kundtue.

Das, was die Materialisten Vernunft nennen (pfui! pfui!) – der kalte Gedanke, die eisige Kritik, die blasse Überlegung –, das hätte nichts mit Kunst zu tun, mit der göttlichen Kunst.

Die moderne Kunst sei Unnatur. Hier lehne der Mensch sich gegen das Göttliche auf. Hier wolle der Mensch dem Schöpfer gleich sein, die Natur verbessern, Gottes Natur verbessern.

Der Mensch wolle Gott belehren! (Lachen.)

Wenn aber der Mensch sich gegen Gott auflehne, dann sei es der Teufel, der im Menschen wirke. Und der Teufel verfolge dabei das Ziel, die Menschen zu verwirren. Die moderne Kunst sei Verwirrung, Verwirrung durch den Teufel. Die moderne Kunst sei zerstörend, zersetzend, negativ, unfruchtbar.

Ja, er selbst sei einer von diesen Modernen gewesen – als Künstler wie als Mensch. Ja, auch sittlich sei er modern gewesen. Nun aber sei das vorbei! (Jubel.) Er sei ganz tief unten gewesen. Nun sei er erlöst. Ein neugeborener Hakon Brand stehe hier und bekenne. (Beifall.)

Dann legte er los und beichtete seine alten Sünden. Es waren tolle Histörchen. Selbst am Radio merkte man, wie es den Zuhörern in Ollerup den Atem verschlug. Gott weiß, ob er nicht ein wenig übertrieb. Hatte er wirklich so interessant gesündigt? Aber es gab einen Fall, über den er nicht sprach, den Fall, den er mir damals anvertraute, als ich ihn auf

Frau Drusses Bitte hin besucht hatte: Er bekannte nicht, einen Mann ermordet und die Leiche versteckt zu haben.

Am Schluß seiner Rede ließ er sich über die edle dänische Kultur vergangener Zeiten aus. Er verbreitete sich über Bautasteine und Hünengräber und Dorfkirchen mit gezackten Giebeln, unsere teuren Erinnerungsmale, die wir hüten sollten. Dann folgten Ausführungen über unsere nationale Tradition, die er als Künstler weiterführen wolle. Er werde vorangehen und seinen früheren Kameraden den Weg weisen. Er werde ein Banner sein, eine Fackel. Die Epoche des Kulturbolschewismus sei vorüber. Positive, seelische Arbeit solle von Stund an seine Kunst erfüllen.

Diese Versammlung sei historisch. Die Fahnen wehten und knatterten über dem guten fünischen Land, über Tausenden von Zuhörern und endlosen Reihen geparkter Autos. Anfangs habe es geregnet, nun aber breche die Sonne durch, wohl als das Zeichen einer neuen Zeit, die da kommen werde.

In der Oxfordbewegung seien alle gleich, Reiche und Arme, Große und Kleine, Gutsbesitzer und Häusler, Arbeiter und Direktoren. Jeder einzelne müsse für die gute Sache wirken und seine Pflicht tun an dem Platz, den Gott ihm zugewiesen habe. Jeder einzelne solle Gott loben und danken für das Los, das ihm im Leben beschieden sei, in Gottes großer Volksgemeinschaft.

Brands Bekehrung wurde »Thema Nummer eins«, demgegenüber alle außenpolitischen Ereignisse kaum der Rede wert schienen. Es prangte auf den Titelseiten der Morgenzeitungen und war im Handumdrehen Tagesgespräch geworden. Oxford hatte den Maler mit einem Schlag berühmt gemacht und seine Existenz gesichert. Schon auf der Versammlung bestellten zwei anwesende Direktoren Bilder bei Hakon Brand, und es sollten noch zahlreiche Aufträge folgen.

Ich habe die Rundfunkübertragung damals bis zu Ende verfolgt, da ich gespannt abwartete, ob Brand vielleicht noch einmal ans Mikrophon kommen und sein unheilvolles Geheimnis gestehen würde. Das geschah aber nicht. Andere beichteten, doch ihre Bekenntnisse waren Wasser gegen Brands Geständnisse.

Eine bekannte Dame der Kopenhagener Gesellschaft stand auf. Sie trug ein wunderbares Seidenkleid und ein Diamantkreuz zwischen den Brüsten. Die Zuhörer warteten begierig auf die Beichte, aber die Sünden waren so geringfügig, so harmlos, daß man unwillkürlich an Königin Dagmar denken mußte.

Einige Zeit später wurde diese neue Oxfordjüngerin wegen Schmuggels bestraft – unter anderem auch für den Besitz des wunderbaren Kleides, das sie auf der Versammlung getragen, dessen Herkunft zu bekennen sie aber vergessen hatte.

Und Brand vergaß, das Verbrechen zu bekennen, das er mir gestanden hatte.

Hingegen hörte ich, bevor ich das Radio abdrehte, eine Fahndungsdurchsage:

»Die Kopenhagener Polizei hat uns gebeten, nach dem vierunddreißigjährigen Journalisten Poul Vollbeck zu fahnden.

Vor mehr als zwei Monaten ist der Gesuchte aus seinem Zimmer in der Rörholmsgade achtzehn verschwunden und nicht zurückgekehrt. Keiner seiner Verwandten oder Bekannten hat ihn in der Zwischenzeit gesehen.

Poul Vollbeck ist ein Meter siebenundsechzig groß. Er hat hellblaue Augen und dunkelblondes, in der Mitte gescheiteltes, glattfrisiertes Haar. Seine Gesichtsfarbe ist gewöhnlich etwas bleich. Er ist breitschultrig, ziemlich korpulent und hat eine etwas vornübergeneigte Haltung.

Poul Vollbeck trug, als er zuletzt gesehen wurde, eine schwarze Jacke und gestreifte Beinkleider und war ohne Kopfbedeckung. Unter dem Arm hatte er ein gelbes Kuvert und die Gedichtsammlung ‚Blumen der Dämmerung' von Poul P. M. Pedersen.

Es wird befürchtet, daß er Selbstmord begangen hat oder in deprimiertem Zustand umherirrt.

Es wird gebeten, alle Auskünfte über den verschwundenen vierunddreißigjährigen Journalisten Poul Vollbeck an das Po-

lizeipräsidium in Kopenhagen, Telefon Central vierzehnachtundvierzig, eins, vier vier, acht oder an die nächste Polizeidienststelle zu geben.«

KAPITEL 11

Ich weiß nicht, ob Poul Vollbecks Wirtin in der Rörholmsgade oder ob Frau Drusse zur Polizei gegangen war, um die Fahndung nach ihm zu veranlassen. Ich hatte keine Lust, auch nur eine der beiden Damen aufzusuchen. Jezt war ja alles eingeleitet, und Vollbeck würde wohl gefunden werden.

Wie ich hörte, sollte Frau Drusse noch überspannter und sonderbarer geworden sein, seit sie ihre beiden jungen Freunde verloren hatte. Sie beschäftigte sich mehr denn je mit Okkultismus. Bekannte, die zu Besuch bei ihr gewesen waren, erzählten, daß sie in Glaskugeln starrte und lange Wachskerzen für Vollbecks Seele anzündete.

»Er ist nicht tot. Meine Seele spricht jeden Abend mit ihm. Er ist hier im Raum anwesend!« versicherte sie ihren Gästen und umfing dabei mit ihren Fransenärmeln die Luft. Aber ganz zufriedengestellt wurde sie durch diese geistigen Umarmungen doch nicht.

Die Polizei lehnte Frau Drusses Vorschlag, den Verschwundenen auf magischem Wege herbeizuschaffen, glatt ab. Ihre eigenen Nachforschungen und die Fahndungen durch den Rundfunk waren ergebnislos. Zwar kamen viele Menschen ins Polizeipräsidium, aber nur Gläubiger, die erfahren wollten, ob Vollbeck wirklich tot sei; denn dann würden sie ihr Geld wohl niemals wiedersehen. Die Polizei konnte ihnen zum Trost nur versichern, daß man jedenfalls die Leiche noch nicht gefunden hätte.

Inzwischen gedieh Brand in dem üppigen Fünen. Er fühlte sich offenbar nicht veranlaßt, die Polizei über den Fall Vollbeck aufzuklären, hatte er doch genug anderes zu tun.

Er malte Porträts von Odenser Direktoren und ihren Damen. Bei ihm wurde ein historischer Fries für die restaurierte Ruine des ehemaligen Schlosses von Svendborg bestellt. Und obwohl das Nationalmuseum energisch dagegen protestierte, setzten es einige Reichstagsabgeordnete von Fünen durch, daß Brands fürchterliche Darstellungen des Königs Svend, seiner Ritter und Hengste und Knappen doch in den weißgekalkten leeren Räumen der alten Ruine aufgehängt wurden.

Die Bilder aber, die er zur Ausstellung nach Kopenhagen schickte, wurden unbarmherzig abgewiesen. Nicht einmal Charlottenborg wollte sie annehmen, obgleich Brand raste und drohte, im nächsten Jahr auf all seine Werke Mitglieder des Königshauses zu malen, da die Jury es dann nicht wagen würde, sie abzulehnen.

Als Entschädigung billigte man ihm mehrere Künstlerlegate und Unterstützungen zu, da man offenbar seine Einnahmen nun für hoch genug hielt, um ihn dieser Ehre würdig zu erweisen. Und seine Arbeiten wurden schlechter und schlechter.

Er malte sie ebenso detailliert wie seine unheimlichen Friedhofsbilder, nur waren die Motive jetzt nicht makaber, sondern national und religiös. Seine Arbeitskraft schien unerschöpflich zu sein, denn er stellte sozusagen Bilder am laufenden Band her. Er fabrizierte viele zu gleicher Zeit, wobei er systematisch vorging. Zuerst malte er alle blauen Himmel, dann alle grünen Bäume, danach die rosa Fleischfarbe und so weiter.

Er entwickelte eine beispiellose Aufdringlichkeit, um seine Produkte abzusetzen. Unermüdlich rannte er Pfarrern und Gemeinderäten die Türen ein, um Gemeindehäuser und Betsäle ausschmücken zu dürfen. Schließlich beauftragte man ihn, ein Altarbild für eine kleine Kirche in der Nähe von Svendborg zu malen. Niemand vermochte, seiner Überredungskunst und seiner Hartnäckigkeit zu widerstehen. Überdies war er ja »bekehrt«. Man mußte natürlich einen christlichen Maler den anderen, ungläubigen vorziehen.

Auch die Zeitungsredaktionen bestürmte er mit Illustrationen. Er lieferte alles, was gewünscht wurde. Plötzlich hatte er es erreicht, populär zu sein. Keine Zeitschriftennovelle war so banal, daß Brand sie nicht hätte illustrieren können.

In der Adventszeit prangten seine farbenprächtigen Engel, Tannenbäume und schneebedeckten Pfarrhäuser auf den Titelblättern der Weihnachtshefte und Almanache.

»Weil man Christ ist, braucht man kein Kopfhänger zu sein!« meditierte er in dem kleinen Blatt »Die Brieftaube«. »Das Christentum macht fröhlich, macht heiter. Durch Oxford habe ich das fröhliche, frische, wunderbar frische Christentum kennengelernt. Keep smiling! Wenn man ein gutes Gewissen hat, vermag man auch heiter zu sein!«

Um Brands Gewissen schien es wirklich ausgezeichnet zu stehen. Er konnte jetzt mit den Vorderzähnen lächeln, ganz wie Mr. Buchman. Das war ebenso leicht wie Flaschenhälse abbeißen. Ja, Hakon Brand bewies, daß man fröhlich und guter Laune sein kann, ohne sich durch Alkohol zu animieren.

Statt Whisky trank er ungeheure Mengen Malzbier und Milch oder verschlang Schlagsahne. Er wurde ein überaus starker Esser, schwelgte in Mayonnaise und fetten Sahnensoßen, futterte von morgens bis abends Schokolade und Karamelbonbons. Ununterbrochen sprach er vom Essen. Und er malte Stilleben mit Beefsteaks und naturalistischen Spiegeleiern. Seine Verfressenheit war beinahe ebenso unappetitlich, wie es seine Trunksucht gewesen war.

Brand nahm eifrig am fünischen Gesellschaftsleben teil, sowohl in Svendborg als auch in der Hauptstadt Odense. Er weilte als gerngesehener und bewunderter Gast bei den Samenhändlern, Direktoren, Großkaufleuten und den Geistlichen der Insel. Man entsann sich seiner Rede in Ollerup, man verstand und würdigte sie. Daß jeder auf dem Platz wirken solle, den auszufüllen Gott ihn befähigt hatte, und daß jeder mit seinem Los zufrieden sein müsse, fanden all jene einleuchtend und vernünftig, deren Einkommen 20 000 Kronen überstieg. Brands Ansicht über Gottes große Volksgemeinschaft stimmten die bemittelten Kreise zu.

Der Maler erwies sich zudem als interessanter und merkwürdiger Mensch. Für seine Gastgeber, die nur ziemlich langweilige Bekannte aus ihrer eigenen Sphäre besaßen, bedeutete Brand eine angenehme Abwechslung. Man riß sich um ihn.

»Sehen Sie, er trinkt nicht Wein zu den Hühnchen, sondern Malzbier!« sagte man. »Trotzdem ist er begabt und geistvoll und sprüht vor Witz.« – »Er ist Christ und ‚bekehrt' und heiter und witzig.« – »Und dann ist er ein so großer Künstler. Er schöpft wahrhaftige Bilder; denn man kann erkennen, was sie vorstellen sollen. Bestimmt haben Niels Ebbesen und Jesus und die Königin Dagmar und die Jungfrau Maria in Wirklichkeit so ausgesehen.«

Ja, Brand war populär in kaufkräftigen fünischen Kreisen. Er wurde dicker. Er bekam Format. Der magere bleiche Maler war allmählich feist geworden, und sein solider Speck flößte den soliden Bürgern Vertrauen ein und verhalf ihm zu neuen Bestellungen. Eine glückliche Zeit war für den ehemals so unsteten Hakon Brand angebrochen.

Ich sah ihn in dieser ruhevollen Periode nur einmal, nämlich als er Kopenhagen einen kurzen Besuch abstattete oder vielmehr eine »Geschäftsreise« erledigte, wie er selbst sagte.

Wir begegneten einander zufällig bei einem Farbenhändler, und Brand erschrak ein wenig, als er mich erblickte. Vielleicht fürchtete er, daß ich auf die merkwürdige Unterhaltung über Vollbeck und auf die beiden Leichen zurückkommen würde. Da ich jedoch unbefangen tat, wurde er rasch heiter und gesprächig.

Er war gut gekleidet, doch sehr dick geworden und redete in widerlich selbstzufriedenem Ton. Teilnahmsvoll fragte er nach meinem Befinden – ob ich mich über Wasser halten könne. Er erkundigte sich herablassend nach gemeinsamen Bekannten und seinen früheren Kameraden. Sie lebten wohl wie üblich? Täten gar nichts? Säßen dauernd im »Bierhof« herum? Hätten kein Geld, haha!

»Ich habe eben ein kleines Auto gekauft, ja, das da draußen. Hübsch, nicht wahr? Nützlich, so was zu besitzen, wenn man so viel herumfahren muß wie ich. Es ist fast unentbehrlich. Warum hast du eigentlich keins? Du solltest dir wirklich auch einen Wagen anschaffen. Das macht sich bezahlt. Aber es ist natürlich nicht ganz billig.«

»Du bist sehr fleißig geworden?«

»Ja. Ich male vier Bilder am Tag, große Bilder. Außerdem zeichne ich sehr viel. Überall reißen sie sich um meine Illustrationen. Man ist ganz verrückt nach mir, und ich möchte nicht gern jemanden enttäuschen. Ich muß jeden Morgen um sechs Uhr aufstehen. Dann treibe ich Gymnastik und atme tief am offenen Fenster. Meine Zimmer bieten Aussicht auf den Sund von Svendborg. Es ist wahnsinnig schön – einfach herrlich! Und dann esse ich gut, denn das ist notwendig, wenn ich das Tempo durchhalten will. Essen ist das Beste am Leben, viel besser als Mädchen und so was! Ißt du gern? – Ich trinke viel Malzbier. Du solltest es auch versuchen. Das stärkt. Zum Frühstück leiste ich mir täglich einen halben Liter Schlagsahne. Du ahnst nicht, wie das anregt! Vitamine, verstehst du? Wirklich was Gutes!«

Er brach ab, um dem Farbenhändler seine Bestellung aufzugeben: »Wieviel Meter sind in so einer Rolle Leinwand? Fünfunddreißig, nicht wahr? Na, schicken Sie mir zwei Rollen – oder drei, lieber drei, ich arbeite schnell, hahaha!«

Er brauchte auch Farben und Pinsel, und er kaufte große Mengen, ohne nach dem Preis zu fragen.

»Schicken Sie es mir zu. Meine Adresse? Sie wissen nicht, wo ich wohne? Er weiß es nicht, haha. Ich wohne wirklich in Svendborg. Ja, es genügt, wenn Sie Svendborg schreiben. Ich glaube schon, daß es da ein paar Leute gibt, die mich kennen. Es dürfte übrigens genügen, wenn Sie nur Hakon Brand auf das Paket schrieben. – Kommst du mit?« fragte er mich. »Ich spendiere dir gern was, in einer Milchbar. Auf Bier kannst du bei mir allerdings nicht rechnen. Aber vielleicht willst du etwas essen?« Dabei machte er eine fürstliche Handbewegung, wie er sie von seinen Mäzenen in Odense gelernt hatte.

Ich lehnte dankend ab, da ich in Eile sei. »Leb wohl, Brand!«

»Leb wohl, halt dich tapfer!« rief er jovial. »Und mach es wie ich: Iß gut! Du ahnst nicht, wie wichtig das ist!«

KAPITEL 12

Die Zeit verging, ich traf Brand nicht mehr und hörte auch nichts von ihm. Seine Bilder wurden nie wieder auf Ausstellungen nach Kopenhagen geschickt. Nur zu Weihnachten lagen die von ihm gemalten bunten Titelblätter in den Schaufenstern der Buchhändler.

In Svendborg und im Hinterland zählte man ihn zwar noch immer zu den großen Künstlern, aber mit den Sensationen war es vorbei. Brands religiöse Bilder erweckten nur noch lokales Interesse. Das übrige Land vergaß den Oxfordmaler rasch. Seine Bekehrung konnte nicht fortwährend die Gemüter erregen. Weder Trunkenheit noch Enthaltsamkeit dürften auf die Dauer die Popularität eines Künstlers sichern.

Auch über Oxford wurde nun weder gesprochen noch in Zeitungen geschrieben. Mr. Buchman und sein Team waren in andere Jagdgründe gezogen. In Dänemark ebbte die Bewegung langsam ab, und man vergaß, daß es sie jemals gegeben hatte.

Die Menschen spielten statt dessen Jo-Jo, und später vergaß man auch, daß dieses Spiel einmal Mode gewesen war.

Vollbeck geriet ebenfalls in Vergessenheit. Die Polizei hatte angeblich eine Untersuchung vorgenommen, der Rundfunk nach ihm gefahndet und die Presse sein Bild und seine Personenbeschreibung gebracht. Aber weder er noch seine Leiche waren gefunden worden.

Trotzdem vermutete die Polizei Selbstmord und erklärte auch offiziell, es stehe wohl außer Zweifel, daß der verschwundene Journalist freiwillig aus dem Leben geschieden sei. Ein Mann wie Poul Vollbeck hatte schließlich gute Gründe gehabt, diese Welt zu verlassen.

Und dann wurde nicht mehr von ihm gesprochen.

Frau Drusse sah ich nur noch selten. Wenn ich sie zufällig einmal traf, redete sie über Seelenwanderung, Gedankenübertragung und Magie. Sie beschäftigte sich mit Geisterbeschwörung und allerlei Zauberkünsten und dichtete unermüdlich ihre Küchenseiten. Aber außer den Rezepten hatte sie jetzt eine neue Spezialität: Für die Leser des »Heimjournals« stellte sie das Horoskop der Woche.

»Ich habe mir auch mein eigenes Horoskop gestellt«, sagte sie betrübt, als ich ihr eines Tages auf der Straße begegnete.

» Ach, und wie lautet es?«

»Ich werde am siebenundzwanzigsten Dezember dieses Jahres sterben.«

»Mein Gott, wie unheimlich! Sind Sie ganz sicher, daß Sie richtig gedeutet haben?«

»Die Sterne lügen nicht.«

»Das ist ja sehr traurig.«

»Nein, es ist erfreulich. Das Leben hat für mich keinen Wert mehr. Ich fürchte den Tod nicht. Er ist kein Auslöschen. Der Tod ist nur eine Veränderung. Ich freue mich auf den siebenundzwanzigsten Dezember.«

Und der 27. Dezember kam, aber Frau Drusse starb keineswegs. Sie lebte, und ich traf sie an einem der ersten Januartage auf der Nörregade wieder.

»Ich freue mich, Sie zu treffen, Frau Drusse. Sie sehen gut aus, obwohl Sie im Herbst behauptet hatten, Sie müßten am siebenundzwanzigsten Dezember sterben. Es ist doch fein, daß Sie sich bei Ihren Horoskopen irren können, daß Sie noch am Leben sind.«

»Leben? Wer sagte Ihnen denn, daß ich lebe?«

Sie sah mich mit verschleiertem Blick an. »Woher wissen Sie, daß ich nicht an jenem Tage gestorben bin?«

»Es deutet doch ziemlich viel darauf hin, daß Sie hier lebend vor mir stehen. Sie sprechen mit mir, haben einen neuen Mantel an, Hut, Handtasche, Handschuhe und einen Schirm. Außerdem sehen Sie gesund aus.«

»Ach, gesund! Ihnen will ich es anvertrauen: Ich bin tot,

bin wirklich am siebenundzwanzigsten Dezember verschieden. Sie sprechen mit einer Toten.«

Wir plauderten noch ein Weilchen. Dann verabschiedeten wir uns voneinander, und sie ging über den Frue-Plads nach Hause. Sie wohnte noch in der Fiolsträde. Trotz allem. Sie hatte auch zu mir gesagt: »Besuchen Sie mich mal, doch rufen Sie vorher an!«

Also besaß sie auch Telefon und Telefonnummer – selbst nach dem Tode. Und sie schrieb noch immer Kochrezepte.

Die Welt wird immer mystischer. Unter diesen Umständen kann es jedenfalls nicht allzu schwierig sein, Horoskope zu stellen.

Oxford war eines Tages mit Gesang und Trommeln und Tschingtaratata gekommen und hatte die Menschen bekehrt. Und Oxford verschwand wieder, unmerklich wie Tau in der Sonne. Gottes große Volksgemeinschaft war gegründet worden. Aber die Einkünfte der Menschen fielen noch immer verschieden hoch aus. Tausende waren bekehrt worden. Doch war es unmöglich, einen Unterschied zu sehen.

Frau Drusse behauptete, sie sei tot, obwohl sie augenscheinlich unbeschädigt umherging.

Brand hatte sich selbst des Mordes bezichtigt, diese Sünde aber bei seiner Generalbeichte nicht erwähnt.

Vollbeck war verschwunden, und die Polizei erklärte ihn für tot, obgleich man seine Leiche nicht finden konnte.

Brand wieder schwor hoch und heilig, sogar zwei Exemplare von Vollbecks Leiche gesehen und angefaßt zu haben.

Das waren seltsame Zeiten.

KAPITEL 13

In Svendborg wohnte ein Mann, der mit der Herstellung berauschender Getränke aus dänischen Früchten viel Geld verdient hatte.

»Der gute alte Johannisbeer-Rum der Frau Superintendent« hieß eines, und bei einem Prozeß wurde nachgewiesen, daß wirklich schwarze Johannisbeeren verwendet wurden.

»Der echte alte Klosterwein« hieß ein anderes, dessen gotisches Etikett vermuten ließ, daß dieser Wein von frommen Mönchen bereitet wurde. Das war aber nicht der Fall, sondern junge fünische Mädchen zauberten ihn für 16 Kronen Wochenlohn aus fünischen Rhabarberstengeln.

Aber wenn es auch weder Superintendentenfrauen noch Mönche in der Fabrik gab, so war der Inhaber doch ein frommer und christlicher Mann. Er hieß Nielsen. Trotz dieses Allerweltsnamens kannten ihn alle. H. N. Nielsen galt als großer Mann, nicht nur in Svendborg, sondern in ganz Dänemark.

Er besaß gewaltige Rhabarberfelder und ausgedehnte Johannisbeerplantagen. Ihm gehörten Hotels und Gastwirtschaften. Und da er Vorstandsmitglied des Touristenvereins war, wurden im Sommer Rundfunkübertragungen aus seinen Lokalen gebracht, so daß jedes Kind im Lande sie zumindest dem Namen nach kannte.

Nielsen hatte auch die vielbesuchte Waldschenke »Der alte Waldvogtshof« bei Svendborg gebaut, wo an durstige Automobilisten unter geschwärzten Balkendecken und vor knisterndem Kaminfeuer Klosterwein ausgeschenkt wurde, während ein Mann in hellblauer Weste mit gelben Ärmeln und einer Zwergenmütze das schwedische Lied sang: »Liebste Brüder, nun wollen wir saufen ...«

Nielsen hatte auch das weithin bekannte Lokal »Der alte Mönchskeller« eröffnet. Dort servierten Kellner in Mönchskutten den Johannisbeer-Rum der Frau Superintendent. Und wenn sich die Bedienung auch geweigert hatte, ohne Strümpfe in Sandalen zu arbeiten, war Nielsens Mönchskeller trotzdem ein außerordentlich düsterer und unheimlicher Ort, der im Nu eine große Attraktion für die Touristen und damit ein ernstes Konkurrenzunternehmen für Thriges H.-C.-Andersen-Halle wurde.

Sein eigenes Haus hatte Nielsen in Svendborg bauen lassen. Draußen auf der Klippe bei Christiansminde, mit herrlicher Aussicht auf den grünen Buchenwald und den blauen Svendborgsund, erhob es sich mit Zinnen und Türmchen und Säulen und anderem Firlefanz.

Es war von innen und von außen ein imponierendes Gebäude, strotzte von Antiquitäten und wurmstichigen Möbeln. Die Familie Nielsen schlief in unheimlichen Himmelbetten, speiste in hohen gotischen Sälen, benutzte reichverzierte Rennaissance-WCs. In allen Räumen tickten, schlugen, spielten und schnurrten alte Bornholmer und französische Bronceuhren mit vergoldeten Damen.

In gewölbten Kellern reiften köstliche Weine. Weder die schwarzen Johannisbeeren der Frau Superintendent noch der alte Klosterrhabarber wurden in den vier Wänden der Villa geduldet. »Geschäft ist Geschäft und Privatleben Privatleben«, behauptete Nielsen.

Er war, wie gesagt, ein frommer Mann, der wußte, daß ihm all seine Güter vom Himmel gesandt wurden. Bevor das Stubenmädchen zu servieren begann, sprach er jeden Tag vor dem Mittagessen für seine Familie das Tischgebet und dankte Gott mit tiefer, salbungsvoller Stimme für die Gaben, während die anderen verlegen auf ihre Teller niedersahen.

In einer der Svendborger Kirchen besaß Nielsen einen verschließbaren Familienstuhl. Sonntag für Sonntag lauschte er dort mit seiner Frau Gottes Wort und sang die Choräle laut-

hals mit. Wenn er zum Deckengewölbe hinaufschaute, erinnerte ihn der Anblick an seine bedeutende Spende für die Restaurierung und Vergoldung des Gotteshauses, an das Geld, das ihm nicht allein ein ersehntes Ritterkreuz eingebracht hatte, sondern geradezu auf Zinsen im Himmel angelegt war und dort auf ihn wartete.

H. N. Nielsen war vor allem ein dänischer Mann. Nach seinen eigenen Worten hatte er sich mehr um seines Vaterlandes als um seiner selbst willen solch großen Wirkungskreis geschaffen und so viel Geld verdient. Das schöne Hünengrab mit Dolmen und Bautasteinen draußen in den Stadtanlagen war samt zwei weißen Bänken von ihm gestiftet worden. Er verstand sich auf Touristen und meinte, »Der alte Waldvogtshof« und » Der alte Mönchskeller« seien rein idealistische Lokale, die für die Kultur alter Zeiten und unsere historischen Eigentümlichkeiten wirkten, indem sie Reiselustige ins Land lockten.

Auch für den Naturschutz schlug sein Herz. Er setzte es durch, daß die Hügel und Wiesen unterhalb seiner Villa geschützt wurden, so daß niemand die schöne Aussicht durch entstellende Häuser zerstören durfte.

Als Oxford nach Svendborg kam, wurde H. N. Nielsen der erste Oxfordmann der Stadt, und seine Initiative und sein Organisationstalent trugen stark zum Erfolg der Ollerupversammlung bei.

Brands Bekehrung hatte ihm sehr gefallen. Brands große Rede war ihm wie aus dem Herzen gesprochen. H. N. Nielsen nahm sich denn auch als erster des jungen Malers an.

Manche Leute behaupten, Nielsen selbst hätte Brands Rede, bevor sie überhaupt gehalten wurde, schriftlich ausgearbeitet. Ich weiß nicht, ob das wahr ist. Doch läßt sich nicht leugnen, daß Brands Ausführungen genau mit Nielsens Meinung und mit all dem übereinstimmten, was der Geschäftsmann auf seinen Auslandsreisen gehört hatte.

Zunächst beauftragte Nielsen den Maler, die bunten Kirchenfenster zu entwerfen, die im Treppenturm der Villa das einfallende Tageslicht abschwächen sollten. Später, als der

Fabrikant einen neuen alten Mönchslikör in den Handel bringen wollte, ließ er Brand die phantastischen Etiketten malen, die wie aus altertümlichem, vergilbtem Pergament wirkten. Nielsen hatte auch seine Hand im Spiel, als Brand gebeten wurde, die später stark umstrittenen historischen Friese für die restaurierte Schloßruine anzufertigen. Bekanntlich versuchte das Nationalmuseum vergebens, die Ausführung dieses Auftrags zu verhindern; H. N. Nielsen und die fünischen Reichstagsabgeordneten traten so nachdrücklich für Brands kolorierten Svend Tveskäg, seine Ritter und Knappen ein, daß die Bilder trotz allen Widerstandes in der Ruine aufgehängt wurden. Sie hängen heute noch dort.

Fabrikant Nielsen nahm es großzügigerweise nicht übel, daß der Maler weder den Johannisbeer-Rum der Superintendentin noch die anderen Liköre trinken wollte – was er übrigens selbst nicht tat. Er fand es amüsant, daß Brand Abstinenzler war, und versicherte, im Grunde seines Herzens auch ein Feind des Alkohols zu sein. Er wisse aber andrerseits, wieviel Brot und Segen seine Fabriken und Lokale für Tausende bedeuteten. Wie könnte er es da verantworten, alle seine Arbeiter erwerbslos werden zu lassen – nur um eines Prinzips willen?

Wie alle Abstinenzler war Brand gern bereit, Anekdoten über seine früheren Ausschweifungen zu erzählen. Das war eine Unterhaltung, die der Likörfabrikant außerordentlich schätzte.

Brand wurde ein Freund des Hauses. Als die Kirchenfenster, die Mönchsetiketten und die Friese für die Ruine fertig waren, bestellte Nielsen ein Porträt seiner Frau, das genauso ausfiel, wie die Familie es sich wünschte: Auf dem Blondhaar lagen elegante Glanzlichter, der Mund mit der kurzen Oberlippe hatte einen geradezu süßen naiven Ausdruck, den Frau Nielsen selbst herzig fand, der schimmernde Faltenwurf ihres hellroten Seidenkleides war unvergleichlich, und Ringe und Armbänder blinkten zauberhaft.

Nach Frau Nielsen kam die Tochter an die Reihe, die zwanzigjährige Vera, ein elegantes und hübsches Mädchen mit einer Stupsnase. Sie mußte auch konterfeit werden, und Brand ging mit größter Freude an diese Aufgabe.

Es gab einige Diskussionen, ob sie im Reitkleid oder im Tenniskostüm abgebildet werden sollte. Brand wählte das Tenniskostüm und malte das blonde, sonnengebräunte Fräulein Nielsen mit einem Tennisschläger unter dem Arm und dem Sund von Svendborg im Hintergrund. Sie hielt einen Strauß aus Margeriten, Mohn- und Kornblumen in der Hand, und auf dem blauen Wasser segelten zwischen den grünen Inseln kleine weiße Schiffe mit der dänischen Flagge.

Brand begann, auch Tennis zu spielen. Er sah ein, daß er wegen seiner zunehmenden Körperfülle Bewegung brauchte. In weißer Hose und blauer Jacke promenierte der frühere Bohemien an der Seite der schicken Vera durch Svendborgs Straßen oder fuhr sie in seinem kleinen grauen Auto spazieren. Dabei erzählte er ihr von seinem früheren, wilden Künstlerleben in Kopenhagen und von den Persönlichkeiten, die er gekannt hatte.

»Wenn er nur nicht so dick wäre!« sagte Vera zu ihren Freundinnen. »Sonst ist er sehr interessant und aufregend.«

»Sie ist ein Engel«, meinte Brand. »Ein unschuldiger Engel Gottes.« Und er dachte schaudernd an Frau Drusse.

Vera mußte ihm noch einmal Modell sitzen. Er wollte sie als Heilige Jungfrau mit einem Glorienschein um den Kopf malen. Ein Badetuch wurde als Nonnenschleier über ihr kurzgeschnittenes Haar drapiert, und als Jesuskind bekam sie eine riesige Zelluloidpuppe aus dem Svendborger Warenhaus auf den Schoß. Sie kicherte vor Vergnügen, Brand aber malte begeistert und ernst, wie es die alten Meister getan hätten.

KAPITEL 14

Alles kam, wie es sollte. Mit einem stilvollen Fest in seinem Heim feierte Direktor H. N. Nielsen die Verlobung seiner Tochter mit Hakon Brand. Auf das Wohl des jungen Paares wurde Sekt getrunken – der Bräutigam allerdings genoß nur Malzbier von der dicken schwarzen Sorte, die besonders nahrhaft ist.

H. N. Nielsen hielt in wohlgesetzten Worten eine lange Rede, die zugleich scherzhaft und feierlich war. Er schloß mit der Bitte an Gott, diese beiden jungen Menschen zu segnen, die einander in Zucht und Ehre gefunden hätten.

Die Lokalpresse kommentierte das Ereignis ausführlich: Hier würden sozusagen Gegensätze miteinander vereint, der Abstinenzler und die Likörprinzessin. Das sei einzigartig. Möge es der Stadt zum besten gereichen!

Die Nachricht von der Verlobung gelangte sogar in die Zeitungen der Hauptstadt. Frau Drusse las sie schluchzend und soll mehrere Tage lang in Tränen aufgelöst gewesen sein, sich dann aber wieder getröstet haben, da sie ja doch laut ihres Horoskops schon tot wäre.

»Aber wenn ich noch gelebt hätte«, beteuerte sie, »wäre das sicherlich mein Ende gewesen.«

Wer Brand von früher her kannte, konnte sich den Maler kaum als Ehemann, geschweige als Familienvater vorstellen. Seine »Bekehrung«, die er auf dem Oxfordtreffen in Ollerup proklamiert hatte, war offenbar echt gewesen. In Svendborg schien jetzt ein ganz anderer Hakon Brand zu leben, der gar nichts mit dem Mann gemein hatte, den wir von Kopenhagen her kannten.

Aber dann sollte etwas geschehen, was beinahe alles verdorben, was mit einem Schlage der Enthaltsamkeit, der Religiosität, der Verlobung und den soliden Zukunftsaussichten ein jähes Ende bereitet hätte. Es war ein Rückfall, der wie eine Bekehrung zum alten aussah und der zweifellos durch eine unheimliche mystische Begebenheit hervorgerufen wurde.

Was sich eigentlich ereignete, vermag man jetzt nicht mehr festzustellen. Wir können uns nur an Brands eigene Worte halten, und die sind dunkel und rätselhaft. Ich gebe sie mit derselben Genauigkeit wieder, mit der ich alles mitgeteilt habe, was Hakon Brands Tod voranging. Ich beabsichtige indessen nicht, das Geschehene zu deuten.

Brands Verlobung war im Spätsommer bekanntgemacht worden, und die Hochzeit sollte Anfang des neuen Jahres stattfinden. Alles schien programmgemäß zu verlaufen. Die Familie Nielsen hegte noch immer größte Sympathie für den energischen jungen Maler. Die blonde Vera war glücklich und zählte die Tage bis zu ihrer Trauung.

Brand selbst gab sich heiter und ausgeglichen. Von morgens bis abends arbeitete er fleißig, malte, illustrierte, verdiente Geld. Der Fabrikant kaufte ein schön gelegenes Grundstück und ließ für das junge Paar ein kleines Haus bauen, das den Namen »Villa Oxford« tragen und das Hochzeitsgeschenk werden sollte.

Niemand war im geringsten darauf vorbereitet, daß Hindernisse oder Schwierigkeiten eintreten könnten. Niemand hatte an Brand etwas Ungewöhnliches bemerkt oder von Streitigkeiten zwischen den beiden Verlobten gehört. Die Katastrophe kam wie ein Blitz aus heiterem Himmel.

Brand verbrachte den Weihnachtsabend bei seinen zukünftigen Schwiegereltern, und es war, wie Nielsen sagte, ein gutes dänisches Weihnachtsfest.

Es gab drei prachtvolle Tannenbäume. Es gab einzigartig leckeres Essen. Es gab teure Geschenke für alle. Es gab einen feierlichen Gottesdienst in der alten Kirche, und zu Hause sang man die schönen alten Weihnachtslieder.

Die Dienstboten durften hereinkommen, um die Weihnachtsbäume anzuschauen und nützliche Gaben in Empfang zu nehmen. Sogar an die Vögel hatte man gedacht und ihnen

Weihnachtsgaben auf den Balkon und in den Garten gebracht.

Auch am ersten Feiertag, besuchte Brand seine Schwiegereltern und war, wie ich erfahren habe, immer noch fröhlich und zufrieden. Bevor er am Abend nach Hause ging, küßte er Vera und sagte: »Gute Nacht, mein Schatz.«

»Das waren seine letzten Worte«, berichtete sie später schluchzend.

Am nächsten Tag war Brand nämlich verschwunden. Er ließ nichts von sich hören. Direktor Nielsen raste und erklärte die Verlobung für gelöst. Er werde alles zurücknehmen, die Villa und alles! Keiner dürfe ihn und seine Tochter ungestraft zum Narren halten.

Vera weinte, daß ihre blauen Augen rote Ränder bekamen. Ihr Held war fort, ihr merkwürdiger, romantischer Held, der in ihr langweiliges bürgerliches Leben wie der Prinz in Dornröschens Schloß eingedrungen war.

Den Anlaß seines plötzlichen Verschwindens hat Brand sonderbarerweise nur mir verraten. Zwischen Weihnachten und Neujahr erhielt ich zu meiner größten Überraschung einen Brief von ihm. Ich hatte Brand in der ganzen Zeit weder gesehen noch mit ihm in Verbindung gestanden – abgesehen von jener kurzen Begegnung bei einem Kopenhagener Farbenhändler.

Datiert war der Brief »Svendborg, den 26.12.«, der Poststempel aber lautete Fredericia. Die Schrift war zittrig, unregelmäßig, schwer lesbar und verkleckst. Das Ganze strotzte von durchgestrichenen Wörtern.

Das Schreiben machte den Eindruck, als wäre der Verfasser sehr aufgeregt gewesen. Vielleicht auch sah Brands Schrift immer so aus, ich kannte sie jedenfalls nicht.

Der Maler schrieb:

Lieber Scherfig!

Es ist wieder geschehen – das, worüber wir damals sprachen, als ich in Kopenhagen wohnte. Ich habe jetzt nichts getrunken. Ich bin nüchtern und völlig normal.

Du kannst Dich wohl noch an unser Gespräch oben in meinem Atelier erinnern. Ich erzählte Dir etwas, und ich bin Dir dankbar, daß Du nicht darauf anspieltest, als wir uns einmal bei dem Farbenhändler trafen.

Ich erzählte Dir von einer gewissen Person, die nicht mehr lebt und die gesagt hatte: ‚Du kannst sie ja niemals loswerden!'

Nun habe ich ihn wieder gefunden, oder richtiger gesagt, ich habe sie wieder gefunden.

Hier in Svendborg!...

Es hat mich die furchtbarsten Anstrengungen gekostet, sie wegzuschleppen, sie loszuwerden. Doch nun ist es geschehen. Sie ist begraben. Du weißt, was ich meine.

Aber ich kann es nicht mehr aushalten. Ich glaubte, alles wäre jetzt gut. Ich sollte mich demnächst verheiraten. Alles sah so glückverheißend aus. Doch dann geschah also das.

Ich habe solche Angst, sie wieder zu finden. Wenn es noch einmal geschieht, werde ich mir das Leben nehmen. Ich wage nirgends zu bleiben. Ich flüchte. Ich reise fort. Ich gehe außer Landes. Ich weiß noch nicht wohin, aber das ist ja auch gleichgültig. Ich muß nur fort.

Dein
H. B.

KAPITEL 15

Ich konnte aus Brands verworrenem Brief nur herauslesen, daß er wieder eine Halluzination gehabt hatte und glaubte, Vollbecks Leiche in Svendborg gesehen zu haben. Außerdem bildete er sich ein, den Leichnam weggeschleppt und begraben zu haben – zum drittenmal ...

Welcher Wahnsinn! Natürlich war der Mann verrückt.

Seine Heilung in Svendborg war also nur scheinbar und ebenso vorübergehend gewesen wie die Oxfordbewegung.

Zu einem anderen Zeitpunkt oder unter anderen Umständen hätte ich den Brief für einen typischen Versuch gehalten, sich interessant zu machen.

Da Brand aber ein Mädchen verließ, das er liebte und bald heiraten wollte und das obendrein reich war, konnte es sich kaum um einen Scherz handeln.

Warum sollte er auch gerade mit mir seinen Spaß treiben, obwohl wir so lange nicht miteinander in Verbindung gestanden hatten?

Er verließ nicht allein Vera. Er verließ das ruhige, bequeme Leben, mit dem er so zufrieden gewesen war, seine Svendborger Mäzene, seine Oxfordfreunde, seine neue kleine Villa. So etwas tut man nicht, um einen Mann zu verulken, mit dem man sonst nichts zu schaffen hat.

Gewisse Leute haben mir später vorgeworfen, daß ich nicht sofort mit dem Brief zur Polizei gegangen bin; denn wenn Brand geisteskrank gewesen wäre und sogar davon gesprochen hätte, Selbstmord begehen zu wollen, hätte man ihn suchen und in ein Krankenhaus bringen müssen.

Diese Vorwürfe sind ganz ungerechtfertigt.

Ich war damals gar nicht in der Lage, etwas zu unternehmen, was Brand hätte helfen können. Möglich, daß ein Krankenhausaufenthalt ihm gut bekommen wäre, aber dafür zu sorgen war wirklich nicht meine Sache. Ich konnte doch nicht zur Polizei laufen, bloß weil ich einen verrückten Brief erhalten hatte. Erstens stand nicht darin, daß er sofort Selbstmord begehen wolle; er schrieb nur, »wenn es noch einmal geschieht« – also falls er zum viertenmal die Leiche des unglücklichen Vollbeck finden sollte. Zweitens nahm sich Brand gar nicht das Leben. Er versuchte es viel später, aber unter so törichten Umständen, daß es mehr als zweifelhaft ist, ob er wirklich sterben wollte.

Jedenfalls ist es ausgeschlossen, daß die Polizei Brand auf Grund des Briefes gewaltsam in ein Irrenhaus gesperrt hätte.

Ich hatte um so weniger Veranlassung, mich in Brands Angelegenheiten einzumischen, als Direktor N. N. Nielsen in Svendborg Himmel und Hölle in Bewegung setzte, um den Verschwundenen zu finden.

Das erwies sich übrigens als ziemlich einfach. Sein kleines graues Auto war an mehreren Orten gesehen worden – zuletzt in Padborg, wo Brand die Polizeibehörde aufgesucht hatte, um sich einen Paß und einen internationalen Führerschein zu besorgen. Herr Nielsen hätte ihn sicherlich am liebsten verhaften und mit Gewalt zurückbringen lassen, aber darauf wollte die Polizei selbstverständlich nicht eingehen. Die Menschen haben nun einmal das Recht, zu reisen, wohin sie wollen, und das galt auch für Brand. Selbst wenn er verrückt war, so lag doch keine Anzeige wegen Gefährdung der öffentlichen Sicherheit vor.

In Svendborg bildete Brands Verschwinden natürlich das Hauptgesprächsthema, und es kursierten die wildesten Gerüchte über den geflüchteten Oxfordmann. Diese Gerüchte sind offenbar auch bis in die Fiolsträde in Kopenhagen gedrungen, denn Frau Drusse schwebte vor Glück im siebenten Himmel.

»Ich habe es gewußt!« beteuerte sie strahlend. »Ich habe es immer gewußt. Er wollte sich aus der Umschlingung dieser Klapperschlange befreien!« Mit der Klapperschlange meinte sie das stupsnasige blonde Fräulein Nielsen. »Mich liebt er.

Zu mir wird er zurückkehren. Ich habe auf ihn gewartet, und jetzt wird er kommen!«

»Aber Sie sind doch tot, Frau Drusse.«

»Tot! Was bedeutet das schon? Antworten Sie mir, wenn Sie können.«

»Ich meine nur – als ich Sie zuletzt sah, behaupteten Sie, tot zu sein. Es war Anfang Januar, und Sie selbst hatten Ihren Sterbetag aus einem Horoskop oder etwas Ähnlichem prophezeit.«

»Den Tod gibt es überhaupt nicht. Er ist einfach eine Einbildung. Man kann gar nicht sterben. Ich lebe, wie ich seit Tausenden und Abertausenden von Jahren gelebt habe. Ich erinnere mich an die alten Ägypter, an die Maya, an Atlantis – ich bin einst eine Inkaprinzessin gewesen, und Hakon Brand war ein Inkaprinz. Er hieß Amadafis.«

»Amadafis? Welch seltsamer Name.«

»Er hieß aber so. Amadafis finde ich schön, Amadafis, Amadafis. Vor viertausend Jahren. Wie sollte ich das je vergessen können!«

»Sie haben ein erstaunlich gutes Gedächtnis.«

»Und er wird wiederkommen! Ich weiß es. Ich warte auf ihn. Mein Amadafis! Oh, mein Amadafis!« Frau Drusse breitete die Arme aus und umfing einen unsichtbaren Inkaprinzen.

Doch Brand kehrte keineswegs zu ihr zurück.

Dagegen fand er sich eines Tages in der Villa der Familie Nielsen ein, als ob nichts geschehen wäre.

Ich weiß nicht, wie er dem erzürnten Likörfabrikanten sein merkwürdiges Benehmen erklärt hat. Aber Vera war glücklich, viel mehr, als sie Anlaß hatte.

Bald darauf heirateten sie. Sie wurden von einem alten Pfarrer in einer alten Kirche getraut und feierten die Hochzeit in einem alten Gasthaus. Danach gingen sie auf die Hochzeitsreise, die sie in alte Städte Europas führen sollte.

Ich hörte dann lange nichts von Brand und wußte nicht, wie jene Reise verlief. Aber ich dachte oft voll Mitgefühl an die blonde Vera. Einen kleinen Eindruck von dem, was sie mit ihrem exzentrischen Gemahl ausgestanden haben muß, bekam man, als die Zeitungen über einen mißglückten Selbstmordversuch berichteten, den Brand in Venedig unternommen hatte.

Sowohl die italienische als auch die dänische Presse schrieb darüber. Als ich Brand ein halbes Jahr später wieder traf, bewahrte er noch alle Zeitungsausschnitte auf, in denen der mißglückte Selbstmordversuch beschrieben wurde, denn er war außerordentlich stolz darauf, in der ausländischen Presse erwähnt worden zu sein.

Die Journalisten behandelten jene Episode fast wie ein humoristisches Ereignis. Brand hatte wohl beschlossen, pompös, aufsehenerregend zu sterben. In einer gemieteten Gondel ließ er sich durch die Kanäle Venedigs rudern, um – wie er später einem italienischen Blatt gegenüber äußerte – »gesättigt von Schönheit Abschied von der Welt zu nehmen«.

Ein von ihm engagierter Mandolinenspieler stand auf dem Vordersteven, klimperte und sang, während das Schifflein langsam dahinglitt.

Brand hatte befohlen, zu der »Brücke der schönen Brüste« zu rudern, auf der einst Kurtisanen die Venezianer mit entblößtem Busen anzulocken versuchten.

Als sich die Gondel ihr näherte, stand Brand auf und sah die Welt an. Er hob die Arme, rief etwas Unverständliches, und während der Mandolinenspieler weiterklimperte, warf er sich in die grüne Flut.

Die Szene wurde von vielen Menschen beobachtet und jubelnd beklatscht. Der Kanal war nämlich kaum ein Meter tief, und es war unmöglich, sich darin zu ertränken.

Immer wieder bemühte sich der Lebensmüde, sein Gesicht unter Wasser zu halten, aber sobald ihm die Luft ausging, hob er den Kopf und atmete tief ein, bevor er es noch einmal versuchte.

Schließlich blieb ihm nichts übrig, als unter lautem Beifall ans Ufer zu waten, wo ihn einige Polizisten in Empfang nahmen. Sie notierten seinen Namen und seine Adresse und brachten ihn ins Hotel. Er mußte später eine Geldstrafe entrichten, und die Zeitungen schrieben, er sei bei diesem Vorfall stark berauscht gewesen.

Brand war also offenbar nicht mehr Abstinenzler.

Die Presse war rücksichtsvoll genug, nicht zu erwähnen, daß er dieses eigentümliche Experiment auf seiner Hochzeitsreise unternommen hatte. Über die junge Frau Brand oder über ihre Einschätzung der exzentrischen Episoden ihres Mannes hörte man nichts.

Man erfuhr auch nie, ob er später den Versuch wiederholte oder ob seine Lebensmüdigkeit auf ein neues Erscheinen von Vollbecks merkwürdiger Leiche zurückzuführen war.

Kurz nachdem ich die Zeitungsnachricht gelesen hatte, verreiste ich selbst, nach Paris. Ich vergaß Brand völlig.

KAPITEL 16

Anfang März traf ich in Paris ein. Die Kastanienbäume auf den Boulevards trugen dicke Knospen. In den Parks spielten Kinder. Kleine, drollige Männer mit wunderbaren Bärten hockten in den Bürgersteigcafés und tranken Aperitifs. Die schönen grünen Omnibusse sausten durch die Straßen und über die Brücken, und manchmal gingen sie entzwei. Alles war so, wie ich es schon von meinem letzten Pariser Aufenthalt her kannte und wie es sein sollte.

Starke Männer in rosa Trikots hatten auf den Gehsteigen Kugeln und Gewichte ausgepackt. Sie ließen ihre Muskeln spielen, nahmen einen Anlauf und schworen, tausend Kilo zu stemmen, falls die Zuschauer genug Sousstücke auf einen kleinen Teppich werfen würden. Aber wenn es soweit war, hoben sie mit viel Hallo und großartigen Gesten nur die allerkleinste Kugel.

Die Polizisten an den Straßenkreuzungen schwangen weiße Stäbe, stritten leidenschaftlich mit Chauffeuren und küßten Mädchen, die die Straße überquerten.

Die Portierfrauen hatten ihre Klappstühle auf die Bürgersteige in den Sonnenschein gestellt und saßen dort eifrig strikkend, oder sie prügelten ihre Kinder mit langen Weißbroten.

In winzig kleinen Pissoirs standen feine Herren und grüßten höflich über den Rand, wenn eine Dame vorbeiging, die sie kannten.

Uralte blinde Frauen und Knirpse leerten die Briefkästen. Manchmal fingen sie eine Schlägerei an, und dann sausten ihnen die Briefe um die Ohren. Einige Briefkästen aber vergaßen sie ganz, und das ist gar nicht so erstaunlich; sie sind in Kniehöhe angebracht und so stark verziert, als wären sie etwas anderes. Eine Zeitung berichtete, daß so ein versteckter

kleiner Briefkasten von einem Auto überfahren wurde. Er war dreißig Jahre lang nicht geleert worden, doch wolle man jetzt alle Briefe an die Empfänger austragen, soweit die Adressen noch zuträfen.

An den Seinekais standen geduldige Männer mit Angelruten, starrten in das hellbraune Wasser und fingen nichts.

Arme alte Frauen in seltsamen Lumpen und mit Schnurrbärten schliefen auf den Kais oder unter den Brücken oder kauerten im Sonnenlicht auf dem Gehsteig, wo sie Rotwein tranken und trockenes Weißbrot aßen. Manchmal breiteten sie im Rinnstein eine Zeitung aus und verrichteten ihre Notdurft, ohne daß es jemandem aufgefallen wäre.

Auf den Boulevards promenierten würdige alte Herren mit Zylinder, Diplomatenrock und rotem Ordensband in Hausschuhen aus grünem Plüsch.

In den Restaurants saßen elegante Damen mit ihren kleinen Söhnen oder Töchtern und tranken Likör oder spielten mit den Kindern Karten – um Geld.

Auf Mauern und Zäunen beschimpften einander die Politiker durch mannshohe Plakate, die sie »offene Briefe« nennen: »Sie sind ein Zuhälter, Herr Minister! Sie leben von Frauen!« Darunter war dann ein Privatbrief einer Freundin des Ministers abgedruckt. »Sie sind ein Analphabet, Herr Redakteur!« antwortete der angegriffene Prominente auf einem anderen Plakat. »Sie sind ein korsischer Bandit, der weder lesen noch schreiben kann! Sie müssen andere Halunken bestechen, Ihnen Ihre Schmähungen zu verfassen! Idiot!«

Hierauf konnte der Journalist nur entgegnen, und zwar auf einem länglichen Plakat: »Sie sind eine Kanaille, Herr Minister! Eine Bestie!«

Im Luxembourggarten spielten alte Herren mit großem Ernst Krocket oder ließen in den Becken der Springbrunnen Schiffchen schwimmen. Sie alle waren Ritter der Ehrenlegion.

An einigen Straßenecken verkauften bärtige Männer frische Röstkartoffeln in Tüten aus fettigem Packpapier, und an anderen Stellen hatten sich unartige Mädchen postiert und machten den vorübergehenden Männern erstaunliche Angebote.

Flotte braune Marokkaner mit weißen Zähnen und Adlernasen wanderten würdig von Café zu Café und verkauften den Touristen Schaffelle und häßliche Teppiche.

Bauern aus den Pyrenäen in malerischen Räuberkostümen und mit breitrandigen Hüten zogen mit kleinen Eseln umher und priesen laut ihre Tonkrüge und Wasserkannen an, die die Form von Hühnern hatten.

Die Glasermeister karrten ihre Wägelchen durch die Straßen, boten ihre Ware feil und verkauften Fensterglas an jene Leute, die bei ehelichen Streitigkeiten Scheiben zertrümmert hatten.

»Liberté – Egalité – Fraternité» proklamierten Inschriften am Leihhaus und an anderen öffentlichen Gebäuden. Und darunter stand: »Défense d'uriner!«

Es roch nach ranzigem Öl und gebratenen Kartoffeln aus offenen Fenstern, an denen Leute saßen und lachten und ge-

ANO
CIN

stikulierten und quer über die Straße Diskussionen führten. Es duftete nach frischem Gemüse, Benzin, erwärmtem Asphalt. Und alle Katzen von Paris entrichteten ihren Beitrag zum hauptstädtischen Odeur.

Ein schwacher, bläulicher Nebel lag über der Stadt, ein hauchzarter Dunst, der die Konturen der Häuser, Dächer und Schornsteine verwischte.

Mit meinem Köfferchen in der Hand schlenderte ich durch die Straßen und schnupperte und war voll Wiedersehensfreude.

Dann wurde ich von einem kleinen Mann in blauem Hemd angehalten. Er bat um Feuer für seine Zigarette. Als er es bekommen hatte, fragte er: »Sind Sie durstig, Monsieur?« Und wir kehrten ein und tranken zusammen.

KAPITEL 17

Ich wohnte in einem billigen kleinen Hotel hinter der Sorbonne, in einer Gasse, die so schmal war, daß man auf die andere Seite hinüberspucken konnte. »Grand Hôtel« nannte der Wirt sein Etablissement. Er hieß Monsieur Loup und saß den lieben langen Tag in einem kleinen Kabinett und aß. Zu welcher Tages- oder Nachtzeit ich auch zu ihm hineinschaute: Er hockte vor einem langen Weißbrot, einer Schüssel Salat und einer Flasche Rotwein. Monsieur Loup hatte einen mächtigen schwarzen Schnurrbart und auch sonst überall im Gesicht schwarze Stoppeln. Immer war er in Hemdsärmeln und trug eine graue Weste; ein beinernes Knöpfchen am Bund ersetzte den Schlips.

Es war ein ausgezeichnetes Hotel. In meinem Zimmer standen ein grünes Plüschsofa und ein roter Plüschsessel. Ein brauner Teppich bedeckte die Dielen. Rote Rosen und blaue Tulpen zierten die Tapete. An den Wänden hingen große Spiegel, so daß man sich, wenn man im Bett lag, in wunderlichen Perpektiven sah.

Das Fenster reichte bis zum Fußboden. Sein rostiges, verschnörkeltes niedriges Eisenschutzgitter war mit Bindfaden befestigt, damit es nicht hinabfiel und jemanden erschlug. Man wurde von Schwindel erfaßt, wenn man sich hinausneigte und auf die schmale Gasse schaute, in der immer merkwürdige Dinge geschahen.

Aber es war schön, am offenen Fenster zu sitzen und Pfeife zu rauchen. Im Zimmer vis-à-vis zeigte sich manchmal ein hübsches Mädchen, mit dem man scherzen konnte.

Monsieur Loup war ein ausgezeichneter Wirt, der am Wohlergehen seiner Gäste innigen Anteil nahm. »Sie waren heute nacht nicht zu Hause, Monsieur?« fragte er. »Weshalb

nicht? Ist Ihr Bett nicht breit genug? Warum bringen Sie Ihre Freundin nicht mit? Das ist doch viel bequemer!«

In Monsieur Loups Grand Hôtel war fast alles entzwei. Der Treppe fehlte eine Stufe. Jedesmal, wenn man hinauf- oder hinunterging, hörte man Monsieur Loups warnende Rufe. So war es schon vier Jahre zuvor gewesen, als ich das letztemal bei ihm gewohnt hatte. Doch ihm wäre es nie eingefallen, die Treppe reparieren zu lassen.

Wollte man das elektrische Licht andrehen, dann fiel häufig der Schalter ab, und man konnte noch froh sein, keinen tödlichen Schlag zu erhalten.

Wenn man eine Tür öffnen wollte, löste sich die Messingklinke heraus und war kaum wieder anzubringen.

Zog man auf einem gewissen Ort an der Kette, so riß sie ab, oder man bekam eine unerwartete Dusche. Zuweilen schnappte auch die Tür so ein, daß man sie nicht von innen öffnen konnte und um Hilfe rufen mußte.

Manchmal verließ Monsieur Loup sein Kabinett und streute gelbes, stinkendes Pulver auf die Gänge. Das sollte Wanzen vernichten, aber ich glaube eher, die Tierchen fraßen es, und es schmeckte ihnen.

Von den anderen Gästen merkte man nicht viel. Es waren meist ausländische Studenten der Sorbonne.

Da wohnte ein Engländer, der allabendlich wegen der fehlenden Stufe auf der Treppe stolperte, sonst aber seinen ständigen Rausch mit größter Würde trug.

Im Zimmer unter mir hauste ein rumänischer Student, und Madame Loup erzählte mir, er sei in das hübsche Mädchen von der anderen Straßenseite unglücklich verliebt und habe wiederholt geäußert, Selbstmord begehen zu wollen. Ich solle also nicht erschrecken, falls einmal unten ein Schuß knalle, das wäre dann nur der Rumäne. Dieser bleiche junge Mann mit pechschwarzem Haar seufzte manchmal so laut, daß man es auf dem Gang hören konnte.

Ein Amerikaner pflegte mitten in der Nacht Banjo zu spielen. Doch da er sehr weit von meinem Zimmer entfernt wohnte, vernahm ich seine Musik nur ganz schwach. Hingegen wachte ich oft auf, wenn ein französisches Ehepaar aus der Provinz seine nächtliche Auseinandersetzung hatte, eine »Diskussion«, wie sie ihren Streit nannten. Anfangs glaubte ich, sie brächten einander um, und wollte zu Hilfe eilen, aber Monsieur Loup beteuerte, das sei nicht so ernst, sondern eben nur »eine Diskussion«.

Auch einige Chinesen hatten sich dort einquartiert. Sie waren die Sanftesten, gingen leise umher, störten niemanden und lächelten freundlich, wenn man sie traf. Sie konnten schließlich nichts dafür, daß Monsieur Loup ihre alten Zeitungen in zierliche Blättchen schnitt und in die WCs des Hotels hängte, obwohl das Papier ungewöhnlich hart, stark holzhaltig und voll Splitter war.

Das Hotel hatte mehr als hundert Zimmer. Natürlich hörte man manchmal seltsame Laute.

Monsieur Loup nannte sein gastfreundliches Haus gern ein »Familienhotel«. Damit wollte er sicherlich ausdrücken, daß die Familie Loup alles allein besorgte. Der einzige Angestellte war ein kleiner Mann in grüner Schürze, der die Zimmer säuberte, die Morgenschokolade brachte und sich gern auf den Bettrand setzte, um schlüpfrige Geschichten zu erzählen.

Madame Loup war ebenso unrasiert wie ihr Mann. Sie sprach mit einer geradezu phänomenalen Zungenfertigkeit und lehrte mich mehr Französisch, als ein hysterischer Lehrer mir in vielen schwererträglichen Schuljahren hatte beibringen können.

Diese prachtvolle Frau betreute ihren kleinen siebenjährigen André auf das rührendste. Sonntags kleidete sie ihn in einen feinen Matrosenanzug mit weißen Schnüren und Seidenkragen und setzte ihm eine Mütze mit roter Quaste auf. Dann zog die ganze Familie Loup samt ihren Stühlen auf den Bürgersteig und betrachtete die Vorübergehenden.

Eines schönen Sommersonntags band sich Monsieur Loup sogar einen Schlips um und bestieg mit Kind und Kegel die Straßenbahn zum Bois de Boulogne. Die Leitung des Hotels überließ er dem kleinen Mann mit der grünen Schürze.

Ich hatte die Familie Loup sehr gern und möchte ihr Hotel wärmstens empfehlen. Auch habe ich Monsieur Loup versprochen, wieder bei ihm zu wohnen, wenn ich noch einmal nach Paris kommen sollte – trotz allem, was geschehen ist.

Es war nicht seine Schuld, daß mein Aufenthalt dort unheimlich enden sollte. Es war die Schuld des Malers Hakon Brand.

KAPITEL 18

Hätte ich geahnt, daß Brand in Paris weilte, dann wäre ich nicht hingefahren. Es gab sehr wenige Menschen auf der Welt, denen ich lieber aus dem Wege gegangen wäre als ihm. Wenn er sich in Paris aufhielt, mußte ich ihn früher oder später treffen.

Einem anderen dänischen Maler begegnete ich zufällig auf dem Boulevard Saint Michel; er erzählte mir, daß Brand in der Stadt sei, und zwar noch immer auf der Hochzeitsreise. Es schien ihm schwerzufallen, wieder nach Svendborg in das bürgerliche Familienleben unter Herrn H. N. Nielsen Patriarchat zurückzukehren.

»Du ahnst ja nicht, wie unerträglich er ist!« sagte mein Kollege. »Er langweilt sich, und man wird ihn nicht los. Aber er gibt groß an und redet abfällig über das Pariser Leben. Hin und wieder geht er bummeln, ‚studienhalber', wie er behauptet. Er wohnt mit seiner Frau in einem teuren Hotel auf dem rechten Seineufer, läßt aber die Ärmste allein zu Hause sitzen, während er die tollsten Streifzüge unternimmt. Wenn er betrunken ist, prahlt er mit seinen Erlebnissen in den Bordellen. Du kannst dir wohl vorstellen, wie ästhetisch das ist! Und dann spielt er plötzlich wieder den feinen Mann, besucht mit seiner Frau die dänische Kirche und empört sich laut über die Sünde und die Schweinereien in den Großstädten. Da ginge es in Svendborg doch ganz anders zu. Im allgemeinen aber benimmt er sich genauso wie in jenen alten Tagen, bevor er heilig wurde. Er ist nur viel dicker geworden, hat sich einen Vollbart wachsen lassen und trägt eine Baskenmütze, um wie ein Franzose auszusehen.«

»Wo wohnt er denn? Doch nicht etwa hier in der Nähe? Ich würde ans andere Ende der Stadt ziehen.«

»Nein, nein! Sein Hotel liegt drüben, nicht weit vom Étoileplatz. Da ist es kolossal fein. Zur Zeit wohnt nur seine Frau dort. Er selbst haust irgendwo auf dem Weg nach Versailles in einem Holzturm. Unheimlich, nicht wahr? Er möchte gern zu seiner Frau zurückkehren und spricht ständig von ihr. Wahrscheinlich traut er sich nicht nach Hause. Das muß eine gemütliche Hochzeitsreise sein. Armes Frauchen! – Du wirst ihm sicherlich begegnen. Er treibt sich ja stets in der Stadt herum, vor allem in den Kneipen auf dem Montparnasse. Das macht er gewiß, solange er noch Geld hat. Wenn alles verbraucht ist und er keinen Kredit mehr bekommt, geht er immer zu seiner Frau zurück und tut dann wieder brav und bürgerlich. Ich glaube nicht, daß du ihm ausweichen kannst. Zu oft habe ich ihn schon gesehen. Er ist heilfroh, wenn er Landsleute trifft, mit denen er sich unterhalten kann. Er redet unaufhörlich. Man wird ihn nicht los.«

»Spricht er über etwas Besonderes? Beschäftigt ihn vielleicht ein bestimmtes Erlebnis?«

»Nein, er schwatzt nur über sich selbst, über seine Schlaflosigkeit, über seine Ausschweifungen, über Bordelle und über seine Frau. Zum Schluß wird er sentimental und predigt Moral.«

»Du mußt mir fest versprechen, ihm nicht zu erzählen, daß ich hier bin!«

»Ja, natürlich. Das ist doch selbstverständlich. Du brauchst das wirklich nicht erst zu sagen.«

Aber ich war mir darüber im klaren, daß ich auf die Dauer meinem Schicksal nicht entgehen konnte. Es würde sehr unangenehm werden.

Und es wurde viel unangenehmer, als ich geahnt hatte.

Mehr als hunderttausend Maler wohnten in Paris. Man sollte glauben, daß es möglich gewesen wäre, dem *einen* Dänen auszuweichen, den man ungern treffen wollte; vor allem, wenn man gewarnt worden war und sich vorsehen konnte. Doch die Erfahrung beweist, daß man unweigerlich den Leuten begegnet, die man um keinen Preis sehen will –

sogar in einer Stadt mit drei Millionen Einwohnern, sogar wenn man alle Vorsichtsmaßregeln beachtet hat.

Von den hunderttausend Malern, die die Viertel um den Montparnasse bevölkern, sind die meisten Ausländer, und ungefähr tausend von ihnen können malen. Alle anderen aber sehen außerordentlich genial aus und benehmen sich in höchstem Grade gekünstelt und exzentrisch.

Um nur eine Spur von Achtung im Café »Dome« oder im »Coupole« zu erringen, sind ungeschnittene Haare, Bärte und Fingernägel unerläßlich. Die seltsamsten Haartrachten aus aller Herren Ländern geben hier einander ein Stelldichein. Wilde, dschungelartige Gewächse, in denen die Vögel des Himmels ihre Nester bauen könnten, gelten als ebenso schick wie zierliche, sorgfältig gepflegte Bärte, die an zurechtgestutzten Buchsbaum in alten holländischen Gärten erinnern.

Doch kann Genialität natürlich auch anders als durch Haartrachten vorgetäuscht werden.

Ein bulgarischer Maler kam auf den Gedanken, sich einen Ring durch die Nase ziehen zu lassen; er wurde sehr bekannt und hoch geachtet.

Ein österreichischer Bildhauer zeigte sich immer barfuß und in einem togaähnlichen Gewand und meditierte über theosophische Probleme.

Raimond Duncan, dessen Verdienst darin besteht, der Bruder Isidoras zu sein, wanderte in einem handgewebten Bademantel und Sandalen umher und umgab sich gern mit Schülern und zahmen Ziegen.

Der Kriminalschriftsteller Jean Tulipe hockte beharrlich Tag für Tag still auf einem Caféstuhl und erlebte dort die erschüttterndsten Morddramen, die er dann nachts niederschrieb. Er hatte einen einzigartigen Vollbart und einen breitkrempigen Hut und trug im Sommer wie im Winter denselben uralten Havelock.

Ein dänischer Maler, der einmal in Grönland gewesen war, durchstreifte die Boulevards in einer Eskimotracht aus Leder mit Anorak und Kamikken, oder wie das heißt. Er litt fürchterlich unter der Hitze, aber man wurde auf ihn aufmerksam. Sein Kajak sollte an einer der Seinebrücken liegen, und angeblich hatte er einmal einen Polizeibeamten harpuniert.

Eine amerikanische Malerin, deren Blumenbilder nur einem ganz kleinen Kreis von Greenwich-Village bekannt sind, ließ ihre Beine tätowieren, und es gelang ihr, sie für eine internationale Bildagentur fotografieren zu lassen, so daß wenigstens ein Teil von ihr auf den Rückseiten mehrerer europäischer und amerikanischer Zeitschriften abgebildet wurde.

Wenn es jemandem einfallen sollte, sich die Schuhe auf den Kopf zu stellen und mit Hüten an den Füßen zu gehen, so wären ihm in den Montparnasse-Cafés Ehre und Berühmtheit sicher.

Ich hätte voraussehen müssen, daß ich Brand in dieser Umgebung treffen würde. Unter all diesen Menschen, die von Genialität trieften, mußte er sich wie ein Fisch im Wasser fühlen – trotz Oxford und Ehe und Bürgerlichkeit.

Ich hätte eben ans andere Ende der Stadt ziehen oder in ein anderes Land reisen sollen.

KAPITEL 19

Es war spät am Abend.

Ich saß im Vorgarten eines Restaurants an einem der großen Boulevards, trank Weißwein und genoß das Leben. Die Läden waren inzwischen geschlossen, ihre eisernen Jalousien vor den Fenstern und Türen heruntergezogen. Der Verkehr aber war ebenso stark wie bei Tage. Fußgänger hasteten auf den Bürgersteigen vorbei, Autos und Omnibusse fuhren vorüber.

Vor einem Lädchen genau gegenüber hatte man die Jalousien nicht ganz hinuntergelassen, sondern etwa einen halben Meter über dem Boden angehalten, so daß man bäuchlings heraus- und wieder hineinkriechen konnte.

Plötzlich sah ich den Geschäftsinhaber, einen kleinen Mann mit elegantem Schnurrbärtchen, tatsächlich hervorrobben. Er war im Nachthemd und hielt eine leere Rotweinflasche in der Hand. Der geschlitzte Saum reichte ihm knapp bis an die Knie, und seine Beine waren dünn und krumm.

Ohne das geringste Aufsehen zu erregen, bahnte er sich einen Weg durch das Gedränge der Passanten und manövrierte zwischen den Fahrzeugen über die breite Straße. Auf nackten Füßen und im flatternden Nachtgewand betrat er das hellerleuchtete Restaurant. An der Theke füllte man ihm die Rotweinflasche; seine ungewöhnliche Kleidung wurde von den Gästen nicht beachtet.

»Mein Gott, er ist ja im Nachthemd!« sagte ich zu meinem Nachbarn.

»Ah oui, Monsieur! Er ist im Nachthemd. Gewiß.« Und er schüttelte den Kopf über mich sonderbaren Ausländer, der es fertigbrachte, sich über etwas so Selbstverständliches zu wundern.

Als die Flasche des kleinen Mannes voll war, kehrte er ruhig und unangefochten barfuß durch das Lokal auf den Bürgersteig und über die Straße zurück. Dann legte er sich lang, kroch unter der eisernen Jalousie hindurch und zog sie hinter sich ganz zu. Gott weiß, was nun in dem Lädchen vor sich ging.

Natürlich war gar nichts Besonderes daran, im Nachthemd auf der Straße spazierenzugehen. Ich hatte vergessen, daß ich in Paris weilte. Hier findet man solche Episoden vernünftig und verständlich.

Mir kam unwillkürlich Brand in den Sinn. Es muß für ihn recht schwer sein, sich in dieser Stadt auffällig zu betragen. Was würde ihm wohl einfallen? Als ich so dasaß und an ihn dachte, erblickte ich sein Gesicht im Menschengewühl auf dem Gehsteig. Trotz seines roten Vollbarts und seiner Baskenmütze erkannte ich ihn gleich. Mir blieb keine Zeit, mich zu verstecken, denn er hatte mich bereits entdeckt und drängte sich zu meinem Tisch durch.

»Ah, guten Tag! Du bist hier? Das ist ja nett. Ich hatte keine Ahnung. Du weißt nicht, wie ich mich freue, jemanden zu treffen, mit dem ich reden kann!«

Ach ja. Nun war es mit dem Frieden vorbei.

Brand benahm sich viel liebenswürdiger als während unserer letzten Begegnung bei dem Farbenhändler.

»Ich bin hier so einsam. Ich kann diese Franzosen nicht leiden. Wahrhaftig, ich freue mich von Herzen, dich getroffen zu haben. Bist du schon lange in der Stadt? Warum hast du mich nicht besucht?«

»Aber bist du denn nicht auf der Hochzeitsreise? Wie kannst du dich da einsam fühlen?«

»Ja, siehst du – das ist verrückt bei mir. Ich muß doch Paris ein wenig studieren. Allein, verstehst du? Natürlich kann ich Vera an diese widerlichen Orte nicht mitnehmen. Sie soll gar nicht wissen, daß es so etwas gibt. Aber nun bin ich ein bißchen zu weit gegangen. Ich habe zuviel getrunken.«

»Bist du denn nicht Abstinenzler?«

»Nicht unbedingt. Das ist nicht notwendig. Ich verstehe es, Maß zu halten, doch man kann das Pariser Nachtleben nicht bei einem Glas Milch studieren. Und da habe ich eben Pech gehabt und zuviel bekommen und treibe nun – verstehst du – wie ein Komet. Ich muß selbstverständlich zu meiner Frau zurück. Sie ist sicherlich verzweifelt, denn sie liebt mich ja so sehr. Aber es fällt mir nicht leicht, ihr zu erklären, was geschehen ist. Übrigens nähert sich unsere Hochzeitsreise nun auch bald ihrem Ende. Wir müssen wieder nach Hause, nach Svendborg. Du, das wird wirklich schön werden. Du mußt uns einmal besuchen, wenn du wieder in Dänemark bist. Unbedingt mußt du auch meinen Schwiegervater kennenlernen. Er ist wirklich ein prächtiger Mensch. Und meine Frau – du kennst ja nicht einmal meine Frau!«

»Ich muß wohl warten, bis du selbst zu ihr zurückkehrst. Wo ist sie denn jetzt? Sitzt sie allein in einem Hotel?«

»Ja. Schrecklich, nicht wahr? Sie sitzt allein und wartet und weint bestimmt die ganze Zeit. Ist das nicht traurig? Ich muß zurück – es ist nur so schwierig. Und dann werden wir wirklich nach Hause fahren. Unsere Hochzeitsreise hat lange genug gedauert.«

»Ich glaubte, Ihr wärt in Italien.«

»Das waren wir ja auch. Hast du in den Zeitungen über mich gelesen?«

»Ja. Eben darum. Es hieß, du hättest in Venedig etwas angestellt.«

»Hier kannst du es nachlesen – man hat auch in der italienischen Presse über mich geschrieben, ich habe die Ausschnitte bei mir.« Brand kramte eifrig in seiner Brusttasche. Er schleppte tatsächlich die Zeitungsausschnitte mit sich herum, auf denen sein mißglückter und lächerlicher Selbstmordversuch geschildert wurde. Er trug sie immer bei sich.

Vorsichtig faltete er die zerfetzten Papiere auseinander. Man sah ihnen an, daß er sie unzählige Male gelesen und vorgezeigt hatte. Sie waren alt und schmierig.

»Ich kann nicht Italienisch«, sagte ich.

»Das macht nichts. Ich werde es dir übersetzen. Sieh mal, die Zeitung hier hat meinen Namen falsch gedruckt. Ist das nicht unverschämt?«

»Unglaublich.«

»Dafür schreibt sie aber auch ‚berühmter dänischer Maler'. Sieh mal: ‚...einer der bedeutendsten Künstler Skandinaviens ... der exzentrische und eigentümliche Künstler!'- Ist das nicht gut?«

»Fabelhaft.«

»So ging es damals auch H. C. Andersen. Erst das Ausland entdeckte sein Genie.«

»Und auch er stammte aus Fünen.«

»Eben.«

Wir saßen ein wenig zusammen, ohne uns miteinander zu unterhalten. Brand las seine Pressekommentare vor. Als er endlich fertig war, faltete er seinen Schatz zusammen und verstaute ihn so sorgfältig, als handelte es sich um Geldscheine oder Aktien.

Ich winkte dem Kellner und zahlte. Brand hatte noch nichts bestellt.

»Willst du etwa schon gehen?« fragte er erschrocken.

»Ja, es ist sehr spät, und ich bin müde. Ich muß nach Hause, ins Bett.«

»Müde! Wenn du ahntest, wie müde ich bin! Ich schlafe fast gar nicht mehr.«

»Genau wie in Kopenhagen. Da mußten wir auch immer von dir hören, daß du wenig schliefst.«

»Sei nett und bleib noch ein Weilchen, ja?«

»Nein, ich muß jetzt heim. Aber wir werden uns gewiß wieder treffen.«

»Ja, natürlich. Hör mal, wo wohnst du eigentlich?«

»In – hm – in – einem Hotel. Und du?«

»Ich kampiere in einem Turm, einem rätselhaften, schrecklichen Turm, draußen in Chaville – Bas-Chaville; es gibt nämlich auch noch ein Haut-Chaville. Du kannst mit dem Zug rausfahren oder mit der Straßenbahn – einer grünen Straßenbahn.« Er beschrieb genau, wie man zu seinem Turm gelangen konnte. Er war nicht zu verfehlen. Man konnte ihn schon von weitem sehen, den viereckigen, schwarzen hölzernen Turm.

Wir verabredeten, daß ich ihn am nächsten Tage besuchte. Es war unmöglich, abzulehnen. Übrigens hatte er mich wirklich ein wenig neugierig gemacht auf seinen mystischen hölzernen Turm.

KAPITEL 20

Brand hauste tatsächlich in einem Turm. Natürlich konnte er nicht wie andere Menschen wohnen. Er mußte für sich eine besonders unheimliche und seltsame Herberge finden.

In den beiden unteren Stockwerken des hohen, viereckigen Holzbaus befand sich eine nette und gemütliche Kneipe mit Galerie und Sonnenrouleaus. Um aber Brands Zimmer zu erreichen, mußte man eine steile Treppe erklimmen und dann über eine Stiege zwischen Balken und Sparren balancieren.

Es ist mir ein Rätsel, daß er nicht hinunterstürzte und sich das Genick brach, wenn er betrunken nach Hause kam. Er rannte sich auch nicht an den vielen Balken, die den Weg versperrten, den Schädel ein.

Sein Zimmer war riesig groß, fast leer, und glich einem Trockenboden. Nur ein Bett und ein kleiner Koffer standen darin, ein billiger neuer Koffer, den er tags zuvor gekauft hatte. Weder die Wände noch die Decke waren gestrichen, und die Bretter sahen grauschwarz aus. Es war sehr schmutzig. Nach allen Himmelsrichtungen führten kleine Fenster, doch man konnte sie nicht öffnen, und sie waren vor Staub undurchsichtig geworden.

»Verstehst du nun, daß ich hier Angst habe?« fragte Brand.

»Natürlich. Aber warum suchst du dir auch solch eine merkwürdige Wohnung aus?«

»Ich glaubte, hier Ruhe und Schlaf finden zu können. – In dem Hotel, in dem ich zuerst wohnte, war es so laut. Ich fand dies Quartier rein zufällig. Als ich mich einmal in der Kneipe unten betrunken hatte, erlaubte mir der Wirt, hier zu übernachten. Und dann bin ich geblieben. Ich zahle monatlich nur hundertfünfzig Francs Miete. Wenn man die Fenster öffnen könnte, hätte man eine wunderbare Aussicht. Aber nachts – nachts knackt alles, die Balken, die Treppe, der Fußboden, die Wände, die Decke – es knackt und seufzt. Ich muß mich mit einem Stearinlichtstumpf begnügen, und wenn mich die Angst überkommt, kann ich nicht die Streichhölzer finden. Manchmal bin ich ganz krank vor Furcht. Gibt es in deinem Hotel elektrisches Licht?«

»Selbstverständlich.«

»Hör mal – weißt du was? Ich will dort hinziehen, in einem Haus wohnen, wo man nur auf einen Knopf zu drücken braucht, um Licht einzuschalten, wenn man sich fürchtet. Ja, ich ziehe in dein Hotel. Sofort!«

»Alle Hotels haben elektrisches Licht. Du brauchst dich doch nicht gerade in meinem einzumieten. Ich weiß auch nicht, ob dort Platz ist.«

»Ich versuche es. Ich glaube, daß es gut ist. Du bist so ruhig. Du schläfst nachts sicherlich ausgezeichnet.«

»Ja, aber – bei uns ist es nachts sehr unruhig. Ich habe schon daran gedacht, auszuziehen.« Ich kämpfte verzweifelt, um Brand Monsieur Loups nettes kleines Hotel zu verekeln. Ich schreckte nicht einmal davor zurück, es zu verleumden. Vergebens.

»Unruhe bei Nacht stört mich nicht, wenn sie von Menschen herrührt. Aber hier entsteht sie aus anderen Gründen. Es ist das Holz, das nachgibt, es knackt und stöhnt und jammert im ganzen Turm ohne menschliche Einwirkung. Ich aber liege hier in diesem großen, teuflischen Raum und schwitze und zittere allnächtlich vor Angst. Nachts sind keine Leute im Turm. Der Wirt und seine Frau wohnen in einem richtigen Haus da drüben.«

»Aber dann geh doch zu deiner Frau. Es ist Wahnsinn, so herumzuziehen. Je länger du zögerst, desto schwerer wird es dir fallen, zurückzukehren.«

»Ja, ja, ich gehe bestimmt zurück – nur nicht gleich. Ich will noch ein oder zwei Tage warten, denn ich muß ein wenig Ordnung in meinem Kopf schaffen. Ich kann nirgends schlafen!«

»Warum versuchst du es nicht mit einem Schlafmittel? Sprich doch mit einem Arzt und laß dir was verschreiben.«

»Haha! Schlafmittel! Glaubst du, das hilft gegen Angst? Ich wage doch nicht, einzuschlafen! Jedesmal, wenn mich die Müdigkeit übermannt, fahre ich hoch. Ich merke, wenn das Bewußtsein schwindet; das kommt wie ein Schwindel, so, als ob man in ein Nichts aufgelöst wird. Dann packe ich das Deckbett und zwinge mich, wach zu bleiben. Einschlafen – das ist, als träte man ins Bodenlose, als würde man ausgelöscht und aufgelöst. Ich bin todmüde, aber ich fürchte mich, ausgelöscht zu werden. Ich halte mich an der Gegenwart fest, klammere mich ans Leben.«

»Soll das heißen, daß du absichtlich nicht schläfst?«

»Nein, ich würde es natürlich gern. Doch jedesmal erfaßt mich diese Angst. Ich wage eben nicht, das Bewußtsein zu verlieren, mich ins Bodenlose fallen zu lassen. Wenn ich gerade im Begriff bin, ins Nichts zu versinken, richte ich mich jäh im Bett auf. So empfinde ich das – verstehst du? Und dann hämmert mein Herz, daß die Holzwände und die Dekke und der ganze Turm knacken. Ich glaube aber, daß ich schlafen könnte, wenn ich in einem normalen Zimmer wohnte, darum fahre ich jetzt mit dir zusammen in die Stadt. Auf der Stelle! Warte einen Augenblick! Ich werde sofort mit dem Wirt unten sprechen. Er ist übrigens ein netter Mann.«

Brand verschwand, und ich wartete in dem wunderlichen Zimmer. Es stimmte: Alles knackte, und nachts, wenn man schlafen wollte, mochte das ganz abscheulich sein. Ich fand es auch unangenehm, daß man nicht durch die Fenster sehen konnte, aber das war ja Brands eigene Schuld. Er brauchte sie nur selbst zu putzen oder die Wirtin darum zu bitten.

Nun knarrte die Treppe und danach die Stiege. Brand kam zurück. Er war begeistert. »Alles ist geordnet! Ich habe Bescheid gesagt, daß ich jetzt umziehe. Den Koffer nehme ich mit. Wir gehen.«

Ich konnte ihn nicht daran hindern. Brand tanzte vor Freude herum. In einer Ecke fand er etwas schmutzige Wäsche, stopfte sie in den Koffer und setzte sich darauf, um ihn zu schließen. Dann tappten wir beide die Stiege hinunter.

Bald saßen wir in der grünen Straßenbahn. Brand sollte in meinem netten kleinen Hotel wohnen!

KAPITEL 21

Brands Zimmer lag im Stockwerk unter mir, gleich neben dem des unglücklich verliebten rumänischen Studenten. Anfangs schien es dem Maler recht gut zu gehen, trotz der fehlenden Treppenstufe, des chinesischen Zeitungspapiers und der vielen anderen kleinen Mängel in Monsieur Loups Grand Hôtel.

Morgens schlich ich leise hinunter, um auf die Straße zu gelangen, ohne ihn zu treffen. Das glückte mir auch meistens, denn er er gehörte nicht zu den Frühaufstehern.

Viel schwieriger war es abends. Brand ging noch immer widerwillig zu Bett und lauerte auf jemanden, mit dem er reden konnte. Es war ein richtiges Kunststück, ins Zimmer zu schlüpfen, ohne von ihm angefallen zu werden. Er war fast jeden Abend betrunken und äußerst lästig.

Es dauerte nicht lange, und er stimmte wieder sein altes Klagelied an, daß er nicht schlafen könne. Der Rumäne stöhne im Nebenzimmer, und das sei beinahe ebenso schlimm wie das Knacken des Holzes im Turm von Bas-Chaville.

Wie der Engländer stolperte er regelmäßig auf der schadhaften Treppe und riß dabei einmal sogar ein Stück Geländer ab. Er fluchte so fürchterlich, daß Monsieur Loup in seinem Kabinett, in dem er saß und aß, ganz unruhig wurde.

»Warum, zum Teufel, ist in diesem verdammten Hotel auch alles kaputt!« tobte Brand. »Die Klingel läutet nicht. Die Klinken fallen von den Türen. Der Wasserbehälter ist undicht. Das Licht funktioniert nicht. Das Licht – deswegen bin ich doch nur hierhergezogen. Taste ich nachts nach dem Schalter, dann spuckt er unheimliche Funken, aber er funktioniert nicht! So ein Spukhaus! Das ist ja zum Verrücktwerden!«

»Ihr Landsmann ist kein friedfertiger Mensch«, sagte Monsieur Loup. »Er hat ein schwieriges Temperament. Könnten Sie ihn nicht bewegen, ein wenig Vernunft anzunehmen?«

Ich drängte ihn oft, zu der armen Vera heimzukehren, die seiner Meinung nach noch immer in ihrem Hotelzimmer saß und weinte. Ja, natürlich wolle er gern zu ihr zurück! Aber heute könne er es noch nicht. Er müsse erst einmal schlafen, damit seine Nerven zur Ruhe kämen.

»Du ahnst nicht, was für eine wunderbare Frau Vera ist! Ich kann es nicht verantworten, in diesem nervösen Zustand zu ihr zu gehen. Erst muß ich mich ein wenig beruhigen. Ach, kleine Vera! Jetzt sitzt sie und weint. Aber ich kehre doch zu ihr zurück. Bald werden wir wieder im lieben Svendborg sein, in unserem neuen kleinen Haus. Wie herrlich, aus dieser verfluchten Stadt wegzukommen! Wenn ich doch nur schlafen könnte!«

Ich schlug ihm vor, in ein besseres Hotel zu ziehen, wo nichts entzweiginge, doch das lehnte er ab.

Ich schlug ihm vor zu reisen. Irgendwohin – an die Küste, in die Bretagne, ans Mittelmeer, wo er richtig zur Ruhe kommen könnte. Vielleicht auch nach Grenoble – in die Berge? Gebirgsluft wirke Wunder bei schlechten Nerven!

Vor allem müsse er sich natürlich mit seiner Frau in Verbindung setzen, sie wenigstens anrufen. Es sei doch unverantwortlich, daß sie nicht einmal wisse, wo er sei.

»Nein – nein.« Er wolle nicht reisen. Im Meer könne man ertrinken, und auf den Bergen würde einem schwindlig. Nein, er bleibe, wo er sei. Und was seine Frau anbetreffe, so solle ich mich gefälligst nicht in seine Angelegenheiten mischen. Er liebe Vera, und sie liebe ihn. Sie seien das glücklichste Paar der Welt. Sobald er geschlafen hätte, würde er zu ihr gehen und mit ihr nach Svendborg fahren. Aber telefonieren – unmöglich! Ob ich denn nicht die französischen Telefone kenne!

Er fiel nicht nur im Hotel lästig. Man traf ihn überall in der Umgebung, da er alle Kneipen des Viertels aufsuchte, um

Gesellschaft zu finden. Seine Angst vor dem Alleinsein steigerte sich, und er schwatzte ununterbrochen.

Schließlich nahm er nicht einmal mehr Rücksicht, wenn man mit einem Mädchen zusammen war und lieber zu zweit bleiben wollte. Brand war ein aufdringlicher und unerzogener Mensch.

Ich erwog schon, lieber selbst die Flucht zu ergreifen. Hätte ich es doch gleich getan! Nur wegen der armen Vera – die ich nicht einmal kannte – ließ ich ihn nicht seine eigenen Wege gehen. Für sie empfand ich das größte Mitleid. Sie mußte ein sanftes und geduldiges Geschöpf sein. Aber was sollte ich tun? Ich konnte doch nicht unaufgefordert eine fremde Dame aufsuchen, um ihr zu erzählen, wie ihr Mann herumbummelte. Es blieb nichts übrig, als abzuwarten, bis Brand ruhig wurde und einsah, daß er sich mit seiner Frau in Verbindung setzen mußte. Er hatte fest versprochen, es zu tun, sobald er geschlafen hätte. In Paris hatte er gar nicht gearbeitet, kein Bild gemalt, keine Zeichnung angefertigt. Er interessierte sich auch nicht für Kunstausstellungen und besuchte kein Museum.

Dagegen gab er sich den seltsamsten Zerstreuungen hin und suchte die unheimlichsten Sehenswürdigkeiten auf.

Mehrmals war er in die Morgue hinausgefahren und stets sehr aufgeregt zurückgekommen.

»Ich möchte nach meinem Tode verbrannt werden«, sagte er. »Ich will nicht als Leiche den Menschen Schreck und Entsetzen einflößen und widerlich aussehen. Niemals werde ich mich ertränken. Du ahnst nicht, wie fürchterlich die Ertrunkenen aussehen! Es ist doch gut, daß mir das damals in Venedig nicht gelungen ist.«

»Gewiß, denn dann hättest du nicht lesen können, was die Zeitungen darüber geschrieben haben«, antwortete ich. »Traurig – wenn du wirklich einmal tot bist, kannst du nicht deinen eigenen Nekrolog lesen, ihn in der Brusttasche herumtragen und allen Leuten vorweisen.«

Brand besuchte auch das Krematorium, ließ sich umherführen und zeigen, wie alles ablief. Das machte großen Eindruck auf ihn.

»Die Leichen werden in einem kleinen Schienenfahrzeug hinuntertransportiert. Sie rutschen in Tausende Grad Hitze und zerfallen samt dem Sarg zu weißem Pulver, wie zu Kalk oder Scheuersand. Der Mann, der einen da herumführt, ist äußerst spaßig. Er lacht, sagt: ‚Bitte, setzen Sie sich' und weist dabei auf die Rutschbahn, auf der die Särge in die Glut sausen. ‚Asseyez-vous, s'il vous plaît!' Dann zeigt er die Asche. Er wühlt in einer Urne und spielt mit der weißen Asche. ‚Joli! N'est-ce pas?' – Hübsch! – Es war widerlich! Man soll mich niemals verbrennen!«

Armer Brand. Er wollte weder begraben noch ins Krematorium gebracht werden. Und das erzählte er mir zwei Tage vor seinem Tode.

KAPITEL 22

Ich wunderte mich zwar, daß Brand noch gar nicht von Vollbeck geredet, seinen Brief oder unser früheres Gespräch erwähnt hatte, aber ich merkte, daß er ständig daran dachte.

Eines Abends hatte ich das Pech, ihn in einer Kneipe zu treffen. Auf den ersten Blick sah ich, wie stark betrunken er war, genau wie in alten Tagen im »Bierhof«. Doch hier trank er kein Bier, sondern süßen grünen Pernod. Der frühere Abstinenzler schüttete ihn in sich hinein, als wäre es Limonade und enthielte nicht 45 Prozent Alkohol.

Es war sehr spät. Ich weiß nicht, wann das Café schloß, möglicherweise blieb es die ganze Nacht über offen. In Paris gibt es viele Bistros, die seit der Französischen Revolution nachts nicht geschlossen wurden.

Die Wirtin hantierte mit einem Besen und fegte den Gästen über die Beine, und die Kellner spritzten aus einem Blechnapf Wasser auf den Fußboden, doch wurde die Kneipe nicht geschlossen. Aber sie sahen Brand unwillig an, und ich hatte den Eindruck, daß sie ihn bald hinauswerfen würden.

Das Hotel lag ganz in der Nähe, und ich versuchte, Brand mitzunehmen. Ausgeschlossen! Er wollte die ganze Nacht sitzen bleiben und mehr zu trinken haben.

»Sie werden dich bald hinauswerfen«, sagte ich. »Die Wirtin will dir nichts mehr geben.« Ein hoher Stapel Untertassen zeugte davon, daß er übergenug zu sich genommen hatte.

»Komm jetzt! Ich bringe dich nach Hause!«

Er weigerte sich wie damals im »Bierhof« und bebte vor Angst. »Ich traue mich nicht, zu schlafen. Ich traue mich nicht, allein zu sein. Ich traue mich nicht, im Dunkeln zu sein.«

Die Wirtin trat zu uns heran. »Wenn Sie den Herrn kennen, bringen Sie ihn bitte fort! Wir wollen ihn nicht mehr hier haben. Falls er nicht freiwillig geht, hole ich die Polizei!«

»Hörst du, Brand? Sie will die Polizei holen. Beeil dich!«

Vor der Polizei hatte er auch Angst. Er erhob sich mit Mühe. Ich mußte ihn stützen. Aber nach Hause wollte er nicht. »Nein, nein, nein! Um alles in der Welt nicht!« Er fürchtete sich vor dem Alleinsein. »Sonst finde ich sie wieder. Sie – du weißt schon. Sie, die niemals richtig versteckt werden konnte. Sie, die ich loswerden wollte!«

Er hatte Fieber. Möglich, daß er ernstlich krank war und nicht nur betrunken. Seine Augen glänzten unheimlich, er klapperte mit den Zähnen und zitterte.

Ich versprach, ihn auf sein Zimmer zu begleiten und bei ihm zu bleiben. Vielleicht könne er einschlafen, wenn ich neben ihm säße. Ich würde mich in den Lehnstuhl setzen.

Das beruhigte ihn ein wenig.

»Ach ja, wenn du wirklich nicht weggehen willst, könnte ich vielleicht schlafen. Aber du darfst mich nicht allein lassen!«

Ich versprach es ihm unter der Bedingung, daß er am nächsten Tag zu seiner Frau ginge. Er willigte ein, denn er war zu allem bereit, um nur nicht allein sein zu müssen.

Unter Schwierigkeiten erreichten wir das Hotel. Das Türschloß war natürlich nicht in Ordnung. Monsieur Loup saß wie gewöhnlich in seinem kleinen Kabinett und aß. Auf dem Tisch neben seiner Rotweinflasche stand eine Stearinkerze. Das elektrische Licht funktionierte nämlich wieder einmal nicht.

»Meine Herren, Sie müssen sich heute abend mit Kerzenlicht begnügen«, sagte unser Wirt und überreichte uns einige kleine Stummel.

Es war ganz leicht, Brand die Treppe hinaufzubringen und ihm über die schadhafte Stelle hinwegzuhelfen. Sein Zimmer sah genauso aus wie meines, mit Teppich und Quasten und Spiegeln. Ich setzte mich in den Lehnstuhl und hüllte mich in eine Decke. Frierend und zähneklappernd kroch Brand in das breite Bett.

Ich blies das Licht aus und schlummerte bald ein, denn ich war müde nach dem beschwerlichen Abend.

Aber Brand konnte nicht einschlafen. »Ich bin so durstig!« klagte er. »Mein Hals brennt, als hätte ich Salzsäure getrunken. Mir ist, als müsse ich ersticken. Gib mir etwas Wasser.«

Auf dem Nachttisch stand eine Karaffe. Sie war leer. Der kleine Mann mit der grünen Schürze nahm seine Stubenmädchenpflichten nicht immer ernst.

»Warte ein wenig«, sagte ich. »Bleib ruhig liegen. Ich gehe Wasser holen.«

»Nein. Nein. Bist du verrückt? Du darfst nicht weggehen. Du darfst mich nicht allein lassen! Ich habe solche Angst. Wenn du weggehst – dann – sterbe ich.«

Wir gingen schließlich beide. Brand trug einen Pyjama, und ich war völlig angekleidet. Wir tasteten uns auf den Korridor hinaus und die schadhafte Treppe hinunter. Es gelang uns, den Wasserhahn zu finden und eine Kanne zu füllen. Wir tappten wieder zurück und fanden mit Mühe das Zimmer.

Brand kroch ins Bett, ich setzte mich wieder in meinen Stuhl.

Plötzlich schrie Brand auf. »Zünde das Licht an! Licht! Um Gottes willen! Beeil dich! Beeil dich doch!«

»Was ist denn? Was ist los? Sei doch ruhig, ich komme schon!«

»Licht! Licht! Schnell! Ach Gott, warum willst du nicht Licht machen!«

Ich suchte wie wild nach den Streichhölzern. In den Taschen, auf dem Tisch …

»Wart ein wenig! Ich mach ja gleich Licht. Wo, zum Teufel, sind nur die Streichhölzer!«

»Hilfe!« brüllte Brand. »Hilfe! Hilfe! Licht!«

»Ja, ja. Ich beeile mich, so sehr ich kann. Was ist denn? Sag doch, was los ist!«

»Er ist – er ist wieder da!« Brand war heiser. »Mach doch Licht! Laß mich nicht im Dunkeln sterben! Ach Gott! Mach doch Licht!« Seine Stimme wurde schwächer.

Ich raste im Zimmer umher, suchte nach den Streichhölzern, stieß einen Stuhl um, warf die Wasserkanne zu Boden. Und die ganze Zeit über versuchte ich ihn zu beruhigen. »Ja, jetzt komme ich. Sei doch still. Was soll der Quatsch?«

»Er ist hier! Hier im Bett – er liegt hier – hier neben mir!« Brand zischte. Seine Stimme klang jetzt wie ein Röcheln.

In meiner Tasche rasselte es. »Ha! Da sind sie. Wart ein wenig. Jetzt komme ich.«

Brand antwortete nicht.

Ich zündete die Kerze an. Brand war weiß wie das Bettlaken. Und neben ihm – neben ihm – lag eine Leiche.

Ich rüttelte Brand. »Steh auf! Steh doch auf!«

Aber er rührte sich nicht. Er war tot.

Ich brüllte, brüllte um Hilfe. Schläfrig und ärgerlich arbeitete sich Monsieur Loup die morsche Treppe herauf. »Was ist los? Was haben Sie hier zu suchen, meine Herren? Das ist doch weder Ihr noch Monsieur Brands Zimmer!« Monsieur Loup hatte noch den Mund voll Essen und kaute und schluckte.

Wir waren in ein falsches Zimmer geraten, hatten uns im Dunkeln verirrt. Und Brand war zu einem Toten ins Bett gekrochen.

»Es ist der Student – der rumänische Student«, erklärte Monsieur Loup gestikulierend. »Er war sonst ein so ruhiger Mensch. Aber da kann man mal wieder sehen – diese Ausländer!«

Vielleicht hatte der Rumäne Selbstmord begangen, vielleicht auch war er eines natürlichen Todes gestorben. Das zu entscheiden war Sache der Polizei. Der arme Brand aber war vor Schreck gestorben.

SCHLUSS

Mehr ist eigentlich nicht zu erzählen. Ich habe alles aufgeschrieben, was ich über Hakon Brands Tod weiß und über das, was zu ihm führte.

Ich hatte noch die unangenehme Aufgabe, Frau Brand mitzuteilen, was geschehen war. Während ich es berichtete, spielte sie mit zwei Pariser Puppen, die sie tags zuvor gekauft hatte. Wahrscheinlich begriff sie das alles gar nicht. Sie war ganz jung und hatte helles Haar und ein Stupsnäschen. Ich hatte den Eindruck, daß ich mit einem kleinen Mädchen sprach, mit einem Kind, das nicht richtig versteht, was man ihm sagt.

Jetzt ist sie mit einem cand. jur. verheiratet. Bei ihm geht es ihr sicherlich viel besser, als es ihr bei Hakon Brand gegangen wäre.

Zahlreiche Formalitäten waren zu erledigen. Ich übernahm das, um die kleine Frau zu schonen, und wandte mich an das Dänische Konsulat, das alles regelte, was mit den französischen Behörden geordnet werden mußte. Brands Leiche wurde auf Wunsch seiner Familie nach Svendborg geschickt. Er liegt auf dem idyllischen kleinen Friedhof von Thurö begraben, mit Aussicht auf den Sund.

Vielleicht sollte ich noch etwas erwähnen, etwas, was das Ganze nicht weniger erstaunlich oder weniger tragisch macht.

Bei meinem letzten Besuch auf dem Konsulat traf ich einen großen, fülligen Mann. Er stand mit dem Rücken zum Eingang und verhandelte hitzig mit einem Angestellten. Er wollte Geld leihen, aber das wurde abgelehnt.

Sein Rücken kam mir bekannt vor. Ich bemerkte, daß das Haar im Nacken rasiert und stark pomadisiert war. Das ganze

Büro roch nach der Pomade dieses Mannes. Wie nach Nelken.

Ich räusperte mich, er wandte sich um – es war Vollbeck.

»Ist das nicht unverschämt?« polterte er. »Ich will mich verheiraten, und da wollen sie mir nicht mal Geld leihen. Sie verlangen, daß ich mich identifizieren lasse – kannst du nicht beweisen, daß ich ich bin?«

Wir gingen dann zusammen die Avenue de l'Opéra hinunter. Vollbeck erzählte mir, daß er eine Kneipenwirtin heiraten wolle. Sie sei Witwe und fett und häßlich. »Aber nun werde ich Wirt. Das ist schon immer mein sehnlichster Wunsch gewesen.«

Ich berichtete ihm von Brand.

Der dicke Vollbeck lachte und schüttelte den Kopf. »Eine wunderbare Geschichte – großartig ausgedacht! Hör mal, pump mir fünfzig Francs. Dann glaube ich sie dir.«